ペンの力

浅田次郎 Asada Jiro
吉岡 忍 Yoshioka Shinobu

a pilot of wisdom

まえがき

吉岡忍さんと親しく語り合ったのは、北京《ペキン》から上海《シャンハイ》へと向かう寝台列車の中であった。中国にはまだ新幹線のなかった、十数年前のことである。日本ペンクラブが長く続けている日中作家交流事業の代表団として、六日間の旅をご一緒させていただいた。寝台車は二人用のコンパートメントで、団長の吉岡さんと私が同室だった。ペンクラブの会合ではしばしば顔を合わせていたが、ゆっくり語り合ったのはその夜が初めてだったように思う。私は下戸であるし、あんがいのことに人見知りをする。

しかし、今こうして思い返してみると、その夜汽車の記憶には、まったく事実とはちがうストーリーが上書きされているような気がしてならない。

中国をさすらう日本人の若者が、たまたま上海行の寝台車に乗り合わせた。そしてたがいに氏素姓を知らぬまま、文学や歴史や、国際情勢や日中関係について、熱く語り合った。

妄想だらけの私の記憶の戸棚には、彼との邂逅《かいこう》がそんなふうに脚色されて蔵《しま》われている。

それにしても人間の縁《えにし》とはふしぎなもので、吉岡さんと私は今から半世紀近く前、新宿区大久保の目と鼻の先に住んでいたらしい。

いや、東京薬科大学の近く、神田川のほとり、というからには、ふたたび妄想をたくましくすれば、同じ学生下宿に住んでいたのかもしれない。そうではないにしても、路上でしばしばすれちがい、喫茶店や定食屋で相席し、銭湯の湯舟に並んで浸《つ》かっていたことぐらいはあったのだろう。

本書にも詳しく語られている三島事件の前後、昭和四十五年のことである。吉岡さんは早稲田大学政経学部の学生であり、私は同じ早稲田を落ちて浪人中だった。つまり、今も昔も自己評価の甘い私は、高校生のころに早稲田に行くと決めて、通学に便利な大久保のアパートに住んだのだった。

そう考えれば、べつだん奇縁だの偶然だのというほどの話ではないのかもしれない。

しかし、多感な年ごろに同じ時代、同じ地域の空気を吸っていたことには意味があると思う。学園闘争はたけなわで、新宿駅の地下広場には夜ごとフォークゲリラの歌声が響き、知らぬ同士が口角泡を飛ばして議論を闘わせていた。みんながよく読み、よく学び、よく考え、なおかつよく論じ合う時代だった。

人間はただ認識するだけの動物ではなく、悩み、望み、行動するものだという当たり前のことを、あのころの若者たちは知っていた。

そうした風潮の教科書は、おそらくジャン・ポール・サルトルの『存在と無』で、私たちは読んでいようといまいと、理解していようといまいと、彼の語る実存主義哲学を実践していたのである。

もしかしたら吉岡さんと私は、あのカルチェ・ラタンのような新宿の喫茶店の一隅で、ベトナム戦争や三島事件について、議論をかわしたことがあったのかもしれない。

のちに吉岡さんは社会を直視するノンフィクション作家となり、私は夢物語を書く小説家になった。

同じ出自を持つ二人が、まったくちがう旅路をたどって、たまたま上海行の夜汽車でめぐりあった、という私の勝手なイメージの由来とは、つまりそういうことなのである。
徒《いたずら》に昔を懐かしみたくはないが、今や多くの人が認識論者になってしまったことはたしかであろう。自分自身をめぐる事実や情報のすべてが、何となく他人事《ひとごと》なのである。そして、悩み、望み、行動する実存主義は、とうとうてのひらの中の小さな箱の貧しい対話にまで退行し、集約されてしまった。

私たちが生きている地球の平和を、けっして他人事のように考えてはならない。また、その平和を担保する言論表現の自由を、けっして損なってはならない。

本書を読むのではなく、本書を読みながら議論に加わっていただければ幸いである。

浅田次郎

目次

編集協力／西村秀樹

第一章　自衛隊と文学者

〜三島由紀夫で人生を変えた二人

僕が自衛隊に入ったわけ

吉岡　浅田さんといつか話したいと思っていて、とうとう今日まできちゃったテーマがあるんです。この数年、浅田さんが日本ペンクラブの会長、私が専務理事ということで、しょっちゅう顔を合わせていたのに……というか、目の前のことで相談しなくちゃいけないことがいろいろあって、それどころではなかったということもあるんですが、浅田さんはどうして自衛隊に入ったんだろう、ということ。自衛隊に入った作家って、そうはたくさんいないですよね。

浅田さんが、自衛隊に入隊したのは一九七〇（昭和四五）年一一月二五日に起きた三島由紀夫（一九二五～一九七〇）の事件がきっかけだった、と書いていたのをどこかで読んだことがあります。僕も三島由紀夫という作家には特別な興味があって、浅田さんの関心とどう重なるのかな、と思っていたんです。

ちょっと振り返っておけば、その日、三島由紀夫はみずから組織した楯の会のメンバー四人を引き連れて自衛隊市ヶ谷駐屯地（現在の防衛省）を訪れ、東部方面総監を監禁した上で、バルコニーに出て、集まってきた自衛隊員に、力尽くで憲法改正をせよと、まあ、クーデターを促すような演説をしたあと、割腹自殺した。戦後日本文学の旗手が政治の場面で決起し、しかも割腹というので、しばらく日本中が騒然としました。

このとき三島、四五歳ですよ。ちなみに僕は二二歳、浅田さんは一九歳になるところかな。

あの事件のとき、そもそも浅田さんはどこにいたんですか。

浅田　新宿のマージャン屋。

吉岡　へぇー、マージャン屋にいたんだ。

浅田　はっきり覚えている。三島事件って不思議でさ、自分がそのニュースを聞いたとき、どこで何をしていたか、みんな覚えているんだよ。三島の事件は実にセンセーショナルだった、ショッキングだったという意味でね。

吉岡　で、マージャン屋にいて、それで……。

浅田　マージャンを打ちながら、入ってきたいつものメンバーが、今日、三島由紀夫が市ヶ谷で暴れたって言うから、ええっと思ったんだよ。僕は、自分が小説を好きだとか、小説家になりたいというのは、まわりに対しては、ただのこれっぽっちも漏らしてないから。

吉岡　そのころはねぇ。

浅田　だから、そんなの聞いても僕はへえ、何だろう、くらいに思っていた。その場に夕刊が届き、その夕刊に大きな三島の記事が載っていた。

吉岡　大きい見出しでしょう。

浅田　載っていた。それが最初の記憶です。一一月二五日の記憶です。

吉岡　そのとき、何を思いました？　とっさに思ったのは何です？

浅田　夢のようだったね、なぜ、なぜ、はてな、はてな。僕は、三島さんって、たいへん尊敬する小説家ではあったし、また、僕らの世代にしてみれば小説家としては飛び抜けたエースですよ。

吉岡　そうですね。

浅田　三島さんっていう人は、あの人、大正一四（一九二五）年の生まれなんですけれども、大正一四年ころというと、ものすごく小説家が固まって生まれている時期でね、実は、司馬遼太郎とか、吉行淳之介とか、遠藤周作とか、みんな同じような年だよ。

ところが、三島はそこに並べたらおかしいんだよ。戦後派の人たちのなかに入れたら、おかしくて、やっぱり。僕らのイメージとしては、谷崎、川端、三島と言ったほうが据わりがよかった。だから、そのぐらい当時は小説家のなかの小説家というふうに思われていたんだよね。

吉岡　うん、そうですね。

浅田　みんなそうだったと思うよ。

吉岡　僕もね、三島の作品って、高校生のころからいくつも読んでいた。ただ、おもしろかったのは彼の若いころの作品ですね。しかし、あの事件の数年前から『英霊の聲《こえ》』や『文化防衛論』とか、Ｆ１０４戦闘機の同乗記とか、ちょっとアナクロニズムの側にいっているなという印象が強くて、僕は遠ざかっていましたね。最後の四部作『豊饒《ほうじょう》の海』も、当時は読もうという気が起きなかった。

何しろ、ほら、一九六〇年代後半だからね。ベトナム戦争が火を吹いていて、アメリカは五〇万人からの軍隊を南ベトナムに派遣して、連日、北ベトナムと南ベトナムのジャングルに潜んだ反政府ゲリラに猛爆撃を仕掛けていた。沖縄はもちろん、横田や岩国や三沢の米軍基地からも爆撃機や輸送機が飛んでいく。世界中で反戦運動が起きて、僕もその渦のなかにいたときです。

そこから、アメリカでは公民権運動がどんどん過激化していく、フランスでは五月革命が起きる、ドイツでも過激派が出てくる。日本でもノンセクトの全共闘運動が始まったし、音楽はロックやフォークに変わる、演劇はテントやアンダーグラウンド芝居へ、映画もニューウェーブへ、ファッションも長髪とジーンズへという具合に、世の中が目にみえて変わっていった時代だったでしょ。

あの時代、三島由紀夫も東大全共闘の学生たちと激論を交わしたりして、かなり本気で現実と渡り合おうとしていたのは間違いないですね。ただ、いきなり彼が市ヶ谷駐屯地に飛び込んで、変なことをやっていると聞いたとき……あの日、僕、アパートの部屋にいたんですよ、新宿区大久保の。

浅田　大学生じゃない？

吉岡　そう、まだ学生。八百屋の二階のアパートで本を読んでいたら、友だちから電話がかかってきたのね。当時、学生で電話を持っていたのは少なかったんだけど、かけてきたのは市ヶ谷のマンションに家族と一緒に暮らしていた友だち。そのマンションの道路を隔てた正面が、三島が自衛隊員にクーデターをけしかけたバルコニーなんですよ。

彼が「いま、三島由紀夫が何か変なことをやっているよ。下の自衛隊員が何か野次ってるぞ。みにこないか」って。

だけど、僕、ちょっと三島の作品から離れていたし、何か別にやることがあったのかな、とにかく行かなかったんですね。

浅田　そりゃ、行きゃよかった。

吉岡　うん、あとから考えれば、ほんと、そう。ノンフィクションの書き手とすれば、あの事件はこの目でみておきたかった。だけど、そのときはまさか割腹自殺するなんて思ってもみなかったし、何のことか、意味もわからなかったからね。

ちょっと話がずれるけど、その僕の友だちの父親というのがすごい人でね。僕が小学生のころ、日本社会党委員長の浅沼稲次郎（一八九八〜一九六〇）が日比谷公会堂で演説中に右翼少年の山口二矢《おとや》（一九四三〜一九六〇）に刺殺された事件があったでしょ。

浅田　六〇年安保の年の秋（一九六〇年一〇月一二日）ですね。

吉岡　そう。山口はその一年半前くらいから大日本愛国党の活動を始めていたんだけど、事件を起こす直前、党に迷惑をかけることになるといって、脱党している。事件後、逮捕され、未成年だったので、東京少年鑑別所に移された。確か一七歳だったかな。

浅田　そう、一七歳。

吉岡　そして、収容されて三週間後だったかに、鑑別所の自室の壁に「七生報国　天皇陛下万才」と大書し、シーツを紐《ひも》にして首吊《つ》り自殺します。ところが、もう愛国党をやめているから、遺体の引き取り手がないんですよ。お父さんは自衛官だったんですね。でも、「父と子は違う」とまっとうなことを言う人だったから、遺体がしばらく宙に浮いてしまった。そのとき、山口二矢の遺体を預かったのが、僕の友だちの父親だったんです。

浅田　何で、また。

吉岡　もう戦前からの正統派右翼。右翼にもいろいろあって、ただの暴力団右翼もいれば、思想右翼もいる。僕の友人の父親は思想右翼で、それもけっこう合理的な右翼だったんだね。戦後は青山にネクタイ屋を開いて自分で稼ぎ、マンション暮らしをしながら、あちこちの右翼団体とつながっていた。そのなかに大日本愛国党総裁の赤尾敏《びん》もいて、その縁で引き取ったという話です。

また大変な勉強家でもあったから、三島由紀夫の本も読んでいて、だから三島がバルコニーで演説していたとき、窓から覗《のぞ》いて、すぐに「おい、あれ、三島由紀夫だぞ」と気がついた。それで、息子が僕に電話してきたというわけ。

でも、さっきも言ったように、三島のあの事件はとらえどころがなかった。『英霊の聲』に、「などてすめろぎは人間《ひと》となりたまいし」って繰り返し出てくるけど、昭和という時代の爛熟《らんじゅく》期の、僕ら二〇歳かそこらの人間には天皇制ノスタルジーはリアリティーもなかったし、かといって政治的メッセージがあったかといえば、それも的外れのような気もしたし……。どこか変だ、何となく、何なの、これは、という思いがずっと後を引いているような……。

で、話を元にもどすと、浅田さんが三島事件をきっかけに自衛隊に入ろうと思ったいきさつって、何だったんですか。

浅田　僕は、そのとき、浪人していたんですよ。大久保、僕も大久保にいたんだ。

吉岡　へぇー、近くにいたんだ。

浅田　近くにいた。薬大の跡。

吉岡　僕がいたアパートって、大久保通りを東京薬科大学（現在は八王子市に移転）まで行かなくて、もう少し手前の大久保駅寄り。

浅田　え？

吉岡　大久保駅から東中野方面に大久保通りを行くと、小滝橋通りをつっきって、薬科大学のほうに行くじゃないですか。その先に神田川が流れているでしょ。薬科大学跡って、いま、公園になっていますけど。

浅田　その薬科大学だよ。

吉岡　僕はあそこから、一〇〇メートルぐらい大久保駅寄り。

浅田　僕はね、一〇〇メートルぐらい東中野寄り。

吉岡　じゃあ、たった二〇〇メートルしか離れていなかったということだ。へぇー、いま、わかったんだ。

三島由紀夫と面会予定

浅田　僕は、三島さんとは縁があって、一七歳、高校二年生のときにね、出版社に原稿を持ち込んだことがあった。その人が三島さんの担当で、河出書房ですよ。まだ神保町にあったころ。僕の原稿を読んでくれて、で、今度、三島さんに会わせてやるって連絡をとってくれて。そうしたら、三島さんも一七歳の少年っていうのに興味を持ったのかもしれないけど、今度、じゃあ、食事をしようっていう話になったんだよ。いや、もううれしくてさ、もうどきどきしちゃって。それが、面会の日をいつって決めてなかったの。で突然一一月二五日になっちゃった。

吉岡　ああ、その日がきちゃったわけだ。じゃあ、結局、会えなかったんだね。

浅田　だから、その面会の日を決める話は半年間ぐらい前か、もっと前からあったかな。

それとは別に、偶然、三島さんと一回だけ出会ったことがあって。僕は河出書房に何回も原稿を持ち込んでいたんで、編集者にチェックしてもらっていたんです。

あるとき神保町の会社で受け取った原稿の束をむき出しのまま抱えて、御茶ノ水の坂をずっと歩いていった。御茶ノ水駅から中央線に乗ろうと思ったけど、なぜか乗らずに、お堀端の道を水道橋に向かって歩いて下りていった。冬の寒い日でした。

坂を下りていったら、あのころは、あの水道橋の交差点に、後楽園ジムがあったんだよ。ボディビルジムが。

吉岡　ボディビル。うん、あった。

浅田　お堀端を歩いてくればそこには行かなかったんだけど、通りの向こう側をなぜか歩いていて、信号を渡ったら、こっちに渡るのは、赤だわな。水道橋の駅へ行くのは。それでね、何の気なしに、交差点のビルの足もとに天窓があったんだよ。よく昔の建物で、大学でもよくあったけど、中地下室みたいなもの……。

吉岡　ある、ある。

浅田　上から覗き込める感じの窓があったわけだ。そこで何となくね、むき出しの原稿を抱えたまま、まったく何げなく覗き込んだんだよ。そうしたら、真下で、三島由紀夫が仰向けでバーベルを持ち上げていた。その瞬間の表情もよく覚えている。三島は嫌な顔をした。目が合った。

吉岡　何メートルぐらいの距離?

浅田　二メートルぐらい。天窓を挟んで。

それで、こうやって屈《かが》んだまま身を乗り出して、あ、三島由紀夫だと思った。あ、ご飯、今度食べるはずなんだけど、こんなところで会っちゃって、ばつが悪いとか、いろいろ思ったんだよ（苦笑）。

で、そのときに、三島由紀夫がじっと僕をみて、何回かバーベルを持ち上げたあとで、嫌な顔のまま立って行っちゃった。そのあともずっとみていたんだよ。それで、そのとき感じたことは、何だ、小っちぇなと思った。

吉岡　あぁ、そう、小さい。

浅田　あの人はすごいマッチョで、巨大な人かと思ったら、小っちゃいんで、えっ？　だよな。三島由紀夫って、小っちぇなって。

そうしたら、奥のほうでトレーナーみたいな人と立ち話をしていて、僕のほうを指さしたんだよ。それで、笑っていた。

そのとき、あとから考えてみたら、たぶん、小説家志望の少年が原稿を持って、自分にみせにきて、読んでくれというようなことを考えたんじゃないかな。もしも自分があのときの三島の立場だったら、たぶんそう思うもの。

吉岡　そうだね。

浅田　偶然だなんて思わないよ。そういう冬の日の出来事がありました。だから、そういういきさつがあったんで、僕は三島さんと会いたくて、会えなかった。しかも、変な会い方をちらっとした。で、三島の小説は好きでした。だから、一一月二五日以降はね、三島さんの死とは何だろう、何なのかということを、ずっと考え続けていた。いろいろな書物がいっぱい出て、雑誌や新聞にもいろいろな記事が出たんだけれども、誰も回答を言ってくれない。

吉岡　そうね。うん、うん。

浅田　ただ、みんながなぜ、なぜ、なぜって言っているだけ。それで、その年の暮れには、これは、とりあえず自衛隊に行ってみようと思って。

吉岡　ああ。三島がなぜ死んだのかを知るためには、浅田さんは自衛隊に入るしかないと思ったんだ。

浅田　だって、三島は自衛隊で死んだから。

ベトナム反戦

吉岡　なるほど。僕はそのころべ平連（ベトナムに平和を！市民連合）の活動が一段落したころだった。それまでのベトナム戦争はアメリカ軍対南ベトナム解放民族戦線（ベトコン）・北ベトナム軍の戦いだったけれど、戦死者があまりに多い上にアメリカ国内の反戦運動も強まって、ローカライズせざるを得なくなった。ベトナム化と言われましたけど、ベトナム人とベトナム人を戦わせる作戦に変わりつつあった。水面下では、和平協定に向けた動きも始まっていました。

べ平連は作家の小田実《おだまこと》さん（一九三二～二〇〇七）や開高健さん（一九三〇～一九八九）、哲学者の鶴見俊輔さん（一九二二～二〇一五）などが呼びかけた市民運動ですが、そのなかで僕はデモや集会もやったし、米軍からの脱走兵をかくまって、北海道から国後《クナシリ》、モスクワ、ストックホルムへと逃がす地下活動もやりました。新宿駅西口の地下広場では友人たちと一緒にフォークゲリラをやったりね。

そんなことをしてきたものだから、変な学生がいるっていうので、ラジオやテレビや雑誌でインタビューされたり、座談会に呼ばれたりするようになったのね。その一つに、三島由紀夫さんと学生一〇人くらいで話すという企画があったのね。

浅田　会ったの？

吉岡　うん、どこかラジオ局のスタジオだったけど……。

浅田　話をしたの？

吉岡　うん。だけど、何を話したか、全然覚えていない。狭いスタジオで窮屈だった、という記憶はありますけどね。彼が一九六九年五月、東大全共闘との公開討論をして、話題になったころなんだけど。

浅田　はい、はい、あのころですね。

吉岡　あのころの作家って、ずいぶん社会的な場面に出てきて、いろんな発言をしていたでしょ。僕はべ平連では小田、開高さんだけでなく、大江健三郎さん（一九三五～）にも高橋和巳さん（一九三一～一九七一）にも真継伸彦さん（一九三二～二〇一六）にも会っていたし、小田さんに連れられて堀田善衞《よしえ》さん（一九一八～一九九八）、野間宏さん（一九一五～一九九一）、埴谷雄高《はにやゆたか》さん（一九〇九～一九九七）の家にも行ったことがある。だから、三島さんに会うことが特別、ということはまったくなかったの。

ただね、そういう人たちと比べても、三島由紀夫が小柄だったことは印象に残っていますね。週刊誌には彼がボディビルで鍛えたり、自衛隊に体験入隊して走り回っている写真が載っていて、マッチョなイメージがあったけど、何だ、おれより小さいんだと。

三島の小説『金閣寺』

吉岡　ただ、事件のあと、ほんとうに三島由紀夫というのはどういう作家だったのかな、といろいろ考えました。自決から五年くらいしてからですが、最後の長編四部作のうちの『暁の寺』を持ってバンコクまで旅行し、現地で再読したり、わざわざ彼が泊まったオリエンタルホテルの部屋を覗きにいったりもしたんですよ。

しかし、何といっても決定的だったのは、それからさらに一〇年くらいが経《た》ってからの出来事でしたね。一九八五（昭和六〇）年の八月です。

八月一二日の夕方、日本航空一二三便が群馬県御巣鷹山《おすたかやま》に墜落し、乗客乗員五二〇人が亡くなる、という大惨事が起きましたね。のちに僕はその事故を取材して、『墜落の夏――日航123便事故全記録』（新潮社）を書くんですが、その翌日の朝刊、つまりジャンボ機墜落のニュースが大きな見出しや写真で伝えられた紙面の下のほうで小さな訃報をみたんです。京都のお寺の住職、村上慈海さんが亡くなったって。
みたとたん、僕、あっと思った。金閣寺の住職です。

浅田　「じかい」って、どういう字ですか。

吉岡　いつくしみの海。

浅田　ああ、慈海ね。

吉岡　『金閣寺』は高校生のころから愛読していて、作家三島由紀夫を読み解く秘密はここにある、と何となく感じていたんですよ。でも、どうすればよいか、まったくわからなかったんだけど、住職の訃報をみたとき、あ、これだ、と思った。
慈海は五〇年間、金閣寺の住職を務めていたから、当然、一九五〇（昭和二五）年七月、金閣寺が炎上したときも住職で、放火した見習い僧侶の林承賢《しょうけん》のことも知っているだろう。実際のところ、いったいどういう坊さんだったんだ、そして、それは三島が『金閣寺』で描いた坊さんと同じなのか、違うのか。そこに三島の頭のなかを覗く秘密があるなって。
あらためて言うまでもないんだけど、三島はあの小説のなかで金閣寺住職をこれ以上ないくらい堕落した坊さんに描いていますよね。吝嗇《りんしょく》で、祇園《ぎおん》の女に目がなくて、世の中を舐《な》め、軽蔑しきっていて、と。林承賢はこの嫌味な住職に頭が上がらないけれど、それに反発するうちに金閣寺の美しさに惹《ひ》かれていき、ついには放火事件を起こすに至る。物語はそうなっています。

それで、すぐに京都に飛んでいった。だから、日航機墜落で日本中が騒然としていたとき、僕は京都の寺々をまわって、慈海師のことを調べていたの。

まず金閣寺へ行って、金閣寺は禅宗相国寺《しょうこくじ》の塔頭《たっちゅう》（脇寺）だから、次には相国寺に行って、慈海さんを知っている坊さん、林承賢を知っている坊さん、檀家《だんか》や近所の人と次々に会って、話を聞いていった。いやあ、ほんと、おもしろかったですよ。

みんな、三島の『金閣寺』は読んでるの。でも、話す人、話す人、ことごとく、慈海さんは『金閣寺』の坊主とは違う、似ても似つかない、と言うんですよ。

禅宗の坊さんっていうのは、何か、突拍子もないことを言って、まわりを煙に巻く人がいるんだけど、慈海さんはそれとも違うって。そういう意味ではおもしろみはないけど、真面目で質素。例えば、寺の台所を預かるおばさんが湯豆腐をつくりますよね。昆布を五センチ角に切って入れてあると、慈海さんは「三センチで十分」と書いたメモを、わざわざ台所まで届けにくる。それも使い古した紙や新聞広告の裏なんかに書いて。

あの人、痔《じ》持ちだったの。袈裟《けさ》を着ていないとき、坊さんは白い着物一枚ですよね。そのお尻のところに痔の出血の跡がつくでしょ。洗濯しても落ちない、そのうち生地がすり切れてくる、それでも新品には替えさせないで、ずっと着ている。

だから、僕が訪ねたとき、金閣寺にはエアコンもなければ、自家用車一台持っていなかったんですよ。インタビューしたときも、京都の真夏だから蒸し暑いのに、団扇《うちわ》であおいで、坊さんたちが出かけるときもバスだったもの。

それでも、と思って、慈海さんの一番の贅沢《ぜいたく》は何だったんですかって、根掘り葉掘り聞いて。やっと出てきたのは、しゃぶしゃぶ。彼、新聞か何かで読んだらしく、「世の中にしゃぶしゃぶというものがあるらしい、一度食ってみたい」と言うので、床屋に行った帰りにしゃぶしゃぶ屋に寄ったことがあるっていうの。まわりの人が知っているなかでは、あれが一番の贅沢だったたって言うんだよ。

うーん、と考え込みましたね。

僕は、小説がうそだからいけないなんて、もちろん思っちゃいない。そもそも小説はフィクション、つくりごとだからね。フィクションはある現実、ある人物を誇張し、ときには単純化、矮小《わいしょう》化しなければ成り立たない。ノンフィクションにもそういうところがあるけど、程度が違う。圧倒的に違います。だけど、そうやって成り立った小説にどういう意味があるんだろう、ということも考えないと、小説は小説内世界に閉じこもってしまい、われわれの生きる現実から切れてしまうのではないか。

僕はね、そのころ童話も小説もノンフィクションも書いていたけど、少し本気でノンフィクションをやってみようかな、と思ったのは、このときの体験がきっかけですね。自分の世界をつくるのはいつでもできる、それを大きくつくるためにも、もっと現実を知っておきたいって。

三島の自死と『金閣寺』

浅田　ほう、おもしろい関係があるんだなあ。『金閣寺』はすばらしい小説だから、僕ものちのち考えたんだ。けれども、『金閣寺』のテーマと三島の死というのは、無関係ではないと思う。

吉岡　うん、うん、そう。

浅田　それは、もう明らかに『金閣寺』というのは、美しいものが炎上するとき、滅びるときが一番美しいんだっていう……。

吉岡　滅ぼすこともできるんだっていう。

浅田　あるいは、そう、滅ぼすこともできるんだ。で、いつか滅ぶからこそ美しいんだというね、美と滅びの相関関係を小説にしたものが『金閣寺』という小説だったと、僕は思うんだけれども……。結局ね、その美に対する考え方、僕は、三島っていうのは、ものすごい審美人だと思うんだよ。美しいもの、美の至上主義者だと思うんだよね。だから、美的に自分の人生を完結するためには、やはり、何かを考えなければいけなかった。だから政治的な背景はないと思う。むしろそれに自分の人生をあてはめようとしたのではないかな。

右のほうの人の耳に入ったら、僕は叱られるかもしれないけれども、でも、小説家としては理解できるし、また、そうであってほしいと思う。

吉岡　それは僕も賛成。
浅田　あとは、僕はそういうことを考えついたから、これは自分の生き方として三島さんから学んだんだけれども、小説と小説家というのは、全然別のものだと考えるようにした。だって、自分の作品に同化してしまう人生は不幸だと思うから。
吉岡　三島由紀夫は求心的だよね。美に殉じる生き方をしてみせた。
浅田　そういう生き方をやめようということは、すごく若い時期に三島さんから学んだ。僕にとっては、それが三島さんから得た最大の教えだったと思います。
吉岡　なるほどね。
浅田　だから僕は、小説家としての自分と個人の自分をはっきりと分けます。
吉岡　確かに、三島はそこを見事に一致させたというか……。犠牲になったとも言えるんだけど。
浅田　ただ、僕らがわからないのは、どう考えてもね、彼、エリート中のエリートですよ。
吉岡　うん、そう。
浅田　いまの世の中だって、昔だってそうですよ。やっぱり東大の法学部へ行って、大蔵省へ行って、やがて小説家になるとか、彼はスーパーマンなわけですよ。だから、僕ら、煩悩族側の勘ぐりかもしれないけれども、やっぱり、そういう人生をたどってきた人っていうのは、完全を目指すと思う。

吉岡　適当で、ま、いいかなみたいなことはね……。しないよね、しない。

浅田　だから、三島は金閣寺へも取材に行ったと思うんだけれども……。

吉岡　いや、もちろん、行っているでしょう。そういうことは律儀な人ですから。

浅田　林承賢さんの性格には、非常に興味を持ったと思うよ。

吉岡　林承賢という見習い僧もおもしろい人物ですよね。彼は捕まったとき、なかなか鋭いことを供述しています。「世の馬鹿面たち、三度三度飯を食い、寝て、泣いたり笑ったり怒ったり、毎日くり返して…何の意味がある。生も死もまったく無意味だ」って、当時報道された。

ひたすら飲み食いし、繁殖するだけの大衆への嫌悪ですね。この台詞《せりふ》は、戦後の大衆社会状況にうんざりしていた三島由紀夫に響いたと思うな。この心情は第一次世界大戦後も第二次世界大戦後も、つまり大衆がわっさわっさ、にぎやかに表舞台で暮らし始めた世界の至るところで作家たちを悩ませた現実だったんじゃないかな。近現代文学のテーマって、結局のところ、個と大衆、作家とその他大勢の大衆との関係をめぐるあれこれに尽きるでしょう。

ただ、三島はやっぱり作家ですよ。大衆への嫌悪を吐露するだけなら実際の林承賢で終わってしまうところを、それを大衆の対極にある美、その美への熱中という形でみごとにさらい、作品化していったわけでしょう。彼は『金閣寺』の主人公に、「おしなべて生《しょう》あるものは、金閣のように厳密な一回性を持っていなかった。（中略）人間のようにモータルなもの（死すべき存在）は根絶することができないのだ。そして金閣のように不滅なものは消滅させることができるのだ」と語らせています。

浅田　だとすると、完全主義にみせかけた反時代的なダダイズムのようなものが、三島さんのなかにはあったような気がする。そのあたりがいまひとつわかりません。

三島自決の半年後に自衛隊入隊

吉岡　浅田さんが自衛隊に入る理由は三島の死のことをほんとうに知りたい、と思ったことですよね。それで、いまの結論としては、あるものを得たとか。その自衛隊に入って、わかった三島っていうのは、どういうものなんですか。

浅田 入って、すぐ、自衛隊が矛盾点だらけだということは思いましたね。というのは僕の入隊が三島事件から、わずか半年後だから。しかも配属されたところが、市ヶ谷だから。

吉岡 市ヶ谷ですね。

浅田 市ヶ谷の三二連隊なので、あのとき招集されて、みんなバルコニーの下にいた人たちばっかりだった。

吉岡 野次を飛ばした連中だね。

浅田 彼らは全員、口をそろえて、ぼろくそだったよ。だって、ほら、三島由紀夫は「君たちは、軍隊になれ」と言ったわけだから、これは、自衛官が、わりとストレスとして感じていることですよ。

吉岡 うん、うん。

浅田 俺たちは何者なんだっていうことは、あのころはみんな感じていたし、自衛隊は軍隊でありたい、軍人になりたいということは、それは悲願ですよ。いまでも、そうだと思うけれども、当時はもっと切実だった。それでも、彼らはものすごく反発した。それはどうしてかというと、自分の上官が拉致されている。単純にそのこと。

吉岡　ああ、なるほど。

浅田　それは、三島さんが、自衛隊の機能、軍隊の機能というものを知っていて、破滅するためにわざとやったのか。あるいはまったく知らなかったのか、どっちかだよ。そりゃ、同調する人なんて、一人もいなかったよ。だって、三島とても仲のいい人だっていたんですよ。楯の会は教育訓練できていたから。

吉岡　うん、そうだった。

浅田　彼らの教官をやっていた人がいたんだけど、でも、その人ですら、「三島さんは好きだったけれども、あれは信じられない、気が狂ったとしか思えない」というようなことを言っていた。

だって、自分の上官が拉致されているんですよ。それは、家族が拉致された、上司が捕まって殺されているかもしれないという状態です。君ら、決起せよと言われたところで誰も動くはずはない。それは、自衛隊へ入った途端に、すごく感じたことだったね。

だから、最初から、三島さんは本気だったのかなって、いや、計画性がまったくなかったろうなって、ほとんど自殺だろうなという感じはした。

吉岡　なるほどね。

浅田　だって、本気で、あの場でクーデターを起こすつもりだったら、刀を持っていかないでしょう。それは、切腹するための刀でしょう。

吉岡　あ、そうか。そうですよね。

浅田　僕らの世代に永遠の命題を残してくれたというような気はしますね。いろいろなことを折りに触れ、こうやって考えて、あれは何だったんだろうって。

吉岡　さっきの村上慈海の話のつづきだけどね、彼、自分がぼろくそに言われた三島の『金閣寺』を読んだんだろうかと思って、いろいろ聞いてみたんですよ。

読まなかったはずはないけど、読んでいるところをみた、という人もいなかった。でも、新聞でもすごく評判になった小説だから、どういう内容かはわかっていたでしょう。側に仕えた坊さんが話を向けたら、「ほっとけよ」と。「あの人も」、三島由紀夫のことですけど、「商売でやっとんのや」って。

『金閣寺』の出版は、事件から五年後です。ちょうどそのとき、慈海さんが金策に走り回って金閣寺も再建されます。同じタイミングだったんですよ。すると観光客がどっと押し寄せる、修学旅行生も次々やってくる。炎上前の二倍三倍じゃきかないくらいのにぎわいで、もうごった返すような大騒ぎ。まさに繁殖する大衆の姿ですね。でも、そのうちの何割かは、話題になった『金閣寺』のおかげなんですね。

何か、皮肉な話ですよ。

それより僕が、ほうっと思ったことが二つ、ありました。

一つは、放火犯の林承賢のこと。彼は懲役七年だったけれど、服役中に恩赦で出所し、金閣寺再建のちょうど前後に結核だったかな、病院で亡くなるんです。それを知った慈海さんは位牌《いはい》をつくって、毎日拝んでいたそうです。死ぬまで、ね。

もう一つは、晩年の慈海さんのこと。彼、亡くなるまでの一〇年間、まったく昼夜逆転した日常だったというんです。金閣炎上から四半世紀は経っている。放火犯の死亡や再建や三島の『金閣寺』からも二〇年が過ぎたときあたりから、その逆転が始まったと。

夕方五時に起き出して、ずーっと朝まで起きていて、明るくなってから床につく、そういう生活だった。まわりが心配して、いろいろ聞いてみると、「夜寝ると、金閣寺が燃える夢をみるんだ」と。だから、心配で眠れない。それでずーっと起きている。起きて、金閣寺の真っ暗な庭を透かしみている。それで朝がきて、「みんなが起きてくると、安心して眠れるんだ」って。

僕、境内をあちこち案内してもらって、夜中、彼はどこに座っていたんですかって聞いたんです。夏はこのあたり、冬はここに背中を丸めて座っていたって、縁側とか庭石のところとか教えてもらって、実際にしばらくそこに座ってみました。真っ暗ななかで、慈海さんは何を考えていたんだろう。

あ、これ、小説だ、と思ったな。この坊さんの位置からみたら、別の小説ができるかもしれないって。僕がこれから読みたいのは、こっちから書いたもう一つの『金閣寺』だな、と。

大久保つながり

吉岡　しかし、それにしても、浅田さんは浅田さんで、三島事件をきっかけに自衛隊に入り、僕は僕で、名作『金閣寺』を手がかりにノンフィクションの道に入りと、どちらも三島由紀夫に動かされていますね。しかもあの事件のときは二〇〇メートルしか離れていないところに暮らしていたなんて、ちょっとできすぎた話ですよ、これ。

浅田　大久保つながり。そうか、じゃあ、二人とも三島の落とし子みたいなもんじゃない。何だよ、何だ、そうか。

でも、そういうふうに考えると、三島さんが、何かしらの形で、影響を与えた人は、すごい数だと思うよ。

吉岡　たぶんすごい数ですよ。だけど、不思議だなあ。

僕ら、ここ数年、ペンクラブでしょっちゅう顔を合わせてきたのに、一度もこういう話をしたことがなかったですね。まずいなあ、いかにペンが非文学的な団体かってわかっちゃうじゃない（笑）。

浅田　みんなにさ、あなたにとって、三島とは何でしたかと聞いてみたら、いろいろな話が出てくるんじゃないの。けっこう、人生、変えられているんだよ。

吉岡　で、自衛隊に入ってみて、三島のことはわかりました？　つまり、彼が本気でクーデターを考えていたのかどうかとか、もし本気だったとすれば、自衛隊というものを見誤っていたのかどうかとか。

浅田 だから、本人がそういうふうに芝居を打ったのか、あるいは、本人がそう思い込もうとしたのかな。うん、自己暗示にかけていたのかもわからない。

三島さんっていう人は、はっきり言って、小説家として、ストーリーテリングのうまい人じゃないんだよ。あの人は、うそ話をつくれない人だから。だから、しばしば現実にあった話をモチーフにするでしょう。

吉岡 そうですね。ま、その分、取材は律儀なくらいにしてますね。

浅田 ただ、劇作家としては一流だと思うね。何となく、市ヶ谷のできごと、あれ、三島劇場っぽいんだよ。最後の演説だとか、書いてあったことというのは、やっぱり、彼が自作自演の脚本として読めばね、かなり力の入った長台詞なんだよ。だって、あのステージで、そんなことをする必要ってないんじゃないの。

吉岡 あ、そうだね。

浅田 本気だったら、指揮官を説得するしかないわけで。

吉岡　あるいは、事前に密談をして、ちゃんと根回ししておくとかね。そうか、指揮官を人質にして決起を促して、それでほんとにその場で何かが起きるなんて、普通、ありえないですよね。

浅田　だから、やっぱり、あそこを舞台に見立てているような気がするな。

吉岡　なるほど。おもしろい見方ですね。

浅田　気持ち悪い人ではあるよね。三島由紀夫っていうのは。

吉岡　確かに。やっぱり、妙な人って感じました？　目が合ったわけじゃないですか。

浅田　うん、何かすごく異物感があった。天才なんでしょうね。

吉岡　観念が肥大しているんだ。

浅田　自宅もすべてミニチュアで、小さくつくってあったらしい。

吉岡　ギリシャやスペインの建築みたいな。で、何か彫刻もありましたね、あの家。

浅田　アポロン像とか。

僕が自衛隊に入ってみて

吉岡　だけど、浅田さんみたいに、東京生まれ、東京育ちで自衛隊に志願して入る人は少なかったでしょう?

浅田　うん。東京出身で入隊したのは、高校の新卒でくるやつ。そういうの、あるんだよ。私立の高校で、自衛官がきて、就職案内みたいなものをやって、そこから何人かまとめて連れてくるみたいなものはあったようです。

吉岡　でも、それとはまた違うものね。

浅田　その当時っていうのは、町で、ほとんど軟派するみたいなものでした。当時、東京地方連絡部という募集事務所がありまして、その募集事務所の自衛官が、この神田あたりで、ちょっと、ちょっとと肩をたたいて、「あなた、学生さん?」って言うわけだ。そうすると、「そうです。大学生」と言ったら、それで、さっと離れちゃう。

それで、いま、失業しているとか、つまらない仕事をやっていると言ったら、ちょっと飯でも食おうかという話になって、それで、お茶飲むか、あるいは、曜日によって市ヶ谷駐屯地に連れていって、飯を食わせた。あとからわかったんだけれども、どうして、市ヶ谷の飯は、日本で一番うまいんだろうと思っていた。

吉岡　うまいの?

浅田　うまいんだよ。メニューがいいの。各駐屯地は、全部違うんだよ。それでね、市ヶ谷駐屯地は、なぜか週に一度、必ずすき焼きの日があるんだよ。これはね、すき焼きというメニューは、ほかの駐屯地にはたぶんありません(笑)。

吉岡　あ、そう。市ヶ谷だけ?

浅田　そう、そう。演習や訓練であちこちの駐屯地へ行くと、自分のところの飯がうまいということがよくわかる。

どこへ行っても、練馬や朝霞《あさか》へ行っただけでも、まずいと思うわけ。やっぱり市ヶ谷がうまいと。これはね、募集事務所が若者を連れてくるからだったと思う。

吉岡　ははっ。

浅田　これは、腹っぺらしの若者たちにしてみれば、魅力ですよ。ともかく、何曜日かはすき焼きと決まっているので、どうも水曜日なら水曜日というときは、必ず誰かを連れてくる。もうノルマとして連れてきて、飯を食わせる。

吉岡　うまいもの食ってるだろ、いい働き口だぞって？

浅田　僕らが水曜日にすき焼きを食いながら食堂を見渡すと、ああ、いるな、いっぱいきてるなと思うんだよ。地方連絡部の自衛官が、私服で連れてきている。若者たちはきょろきょろしていて、うまいですねって言っている。で、僕は自分で進んで志願したんで、全然そういうことはなかったんだけれども、そういうような募集状況だったの。だから、充足率がまったく低くて……。

吉岡　長い間、定員割れが問題になっていました。

浅田　もうこれは、ほんとうに惨たんたる状況で、部隊が維持できない。だから、連隊でも事実上は一個中隊欠とか、そういう状態だった。

吉岡　浅田さんが入ったのは、一九七一年？

浅田　七一年、昭和四六年。三島事件の翌年の三月。

吉岡　その三月から何年間いたの？

浅田　二年間。それが一任期だからね。

吉岡　その少しあと、僕は一週間、自衛隊に体験入隊したことがあるんですよ。ここへ行きなさい、と指定されたのは対馬。
浅田　ええ、そうなの？　体験入隊。対馬？　分屯地か。釜山《プサン》と向かい合っているとこ。
吉岡　そう、韓国の釜山と向かい合っている。
いや、ほんとうは小笠原諸島の硫黄島《いおうとう》に行きたかったんですよ。太平洋戦争の大激戦地で、二万の日本軍がアメリカ軍と戦って八〇〇名しか生き残らなかったという島だから、戦無派としては絶対みておかなければ、と思って。それで、自衛隊の広報部に申し込んだの。あそこは定期便も飛んでいないけど、分屯地なのかな、とにかく自衛隊施設があって、食料や資材を運ぶ便があると聞いたから、よし、行ってみようって。広報の職員も「手配してみます」と言っていたんだけど、数日後、「余分な宿泊施設もないからダメ」ということになって、話しているうちに、「島に行きたいんなら、対馬はどうです」って。
別段、自衛隊に入りたかったわけではないんだけど、ま、乗りかかった船だ、と。それならたんに見学じゃなく、隊員と一緒に寝起きし、訓練の真似事《まねごと》くらいやってみようと思って、それで一人だったけど、体験入隊にしたんです。

浅田　当時、週刊誌に記事を書いていたの？

吉岡　えーと、あれは月刊誌ね。それも音楽系の雑誌。当時、僕、音楽評やコンサート評も書いていたから、ちょっと幅を広げたかったの。で、昼間、走ったり、棒術みたいなことをやって、夕飯のあとは目星をつけた隊員に集まってもらって話をしたりね。最後は外出して、飲み屋に行ったりもしたけど、うーん、あそこも人員不足で、なかなか人が集まらないと。隊員たちもずっと自衛隊にいよう、というんじゃなくて、大型自動車の運転免許とか、次に就職するときに有利になるような資格を取っておこうという感じの人が多かったね。

浅田　そう、そう。そういう世の中だったんだ。

吉岡　七〇年を越すと、ベトナム反戦も全共闘運動も下火になって、他方では内ゲバや連合赤軍事件も起きたし、音楽や芝居も一時ほどの勢いがなくなってきたでしょ。僕はあのころ、ちょっと大袈裟に言うと、われわれの世代のもう一つの顔をみつけたいと思っていたんですよ。ヘルメットをかぶって暴れる顔もあるけど、また別の顔もあるはずだ、と思って。

浅田　だから、僕は入ったときに、すごく怪しまれたんだよ、志願で行ったというだけで。

吉岡　ああ、そうか。隠れ過激派（笑）。

浅田　新宿の募集事務所にひょっこり行ったから、その担当者がきょとんとしたのを覚えているもの。

吉岡　おまえ、本気か、と。自発的に入隊してくるなんて怪しい、と。

浅田　そこで、すごく質問されたのは、つまり、思想背景がないかどうかということを調べられた。

吉岡　左翼過激派のスパイに間違えられた（笑）。

浅田　そう、そう、そう。それは、大いに、当時としては（苦笑）。

吉岡　あり得るよ。

浅田　自分で進んで志願してくるよりも、全共闘から派遣されてくるほうが可能性はあったわけだ。そういう時代だったんだよ。それだから、すごい聞かれたもの。もちろん、検査も厳しかったし、三島由紀夫の本を確かに持っていたんだけれども、そうしたら、それについて、いろいろなことを聞かれた。

吉岡　そうか、三島シンパが入ってくるのも困りものだよね。
浅田　僕のころは、自衛隊は明らかに左翼より右翼を警戒していた。
吉岡　そうだよね。そうだと思う。
浅田　ま、そういう厳しい時代であのころの自衛官はかわいそうだったと思うよ。だって、結局、みんな、何しにきているかといったら、食い詰めてきているんだもの。すき焼き食いたくて、入った連中だよ。
吉岡　その同期で、いま、陸上自衛隊にいたりとか、幹部になった人、いない？
浅田　これ、おかしいんだけど、いかにも、進んできましたっていうやつは、みんな二年でやめている。一方で、もう俺、だまされて連れてこられちゃって、俺、やめる、やめる、やめると言っていたやつに限って、定年まで勤め上げた。
吉岡　おもしろいねぇ。
浅田　これは、ほんとうに不思議だった。いまでも同期会をやっているけど、それはほんとうに不思議。やっぱりあのころの自衛隊は、食えない若者たちへの公平な救済だったということなんだよね。

吉岡　あのころの自衛隊はエアポケットにいたみたいだったよね。冷戦下で、米ソ対立は確かにあって、ベトナム戦争は起きていたけれど、日中、米中国交回復はあっても、中国はまだまだ鎖国みたいな状況で、北朝鮮も鳴かず飛ばず。国内でも、戦後の一時期のように、自衛隊に対して「税金ドロボー！」なんて叫ぶ雰囲気はだいぶなくなっていたからね。もちろん憲法前文も九条も健在で、自衛隊が明日にも戦争に関わるなんていうリアリティーもなかった。

浅田　リアリティーはあんまりなかったけれど、ベトナム戦争はたけなわだったし、学園闘争もまだ激しかったからね。それなりの緊張感はありましたよ。

自衛隊南スーダンPKO「日報」問題

吉岡　話をいきなり現代の自衛隊に振るとね、例えば南スーダンPKO（国連平和維持活動）に派遣した自衛隊施設部隊の日報問題があった。情報公開請求に対して、もう破棄してしまったと言っていたはずの日報が出てきて、隠蔽していたんじゃないかと突っ込まれたり、現地では戦闘行為があった疑いが濃厚なのに、防衛大臣が「（日誌には）戦闘という言葉が使われているのはそのとおりだが、法的意味における戦闘行為ではない」と、詭弁《きべん》としか思えない答弁をしたりして、自衛隊の内でも外でもぎくしゃくしましたね。

三島由紀夫は一九七〇年の事件のとき、クーデターを呼びかけて、その場の自衛隊員からさんざん野次を浴びせられたけれど、いまどうなんだろう。日報は隠される、文民統制は曖昧、大臣答弁はごまかし、という現在は、現場のフラストレーションも溜《た》まっているんじゃないですか。それがクーデターの導火線にならないとも限らない、と僕は感じるんですけど。

浅田　いまは危ないよ。よっぽど、いまのほうが危ない。僕は、ずっと防衛大臣が、あの人（稲田朋美前防衛相）だったということが信じられなかった。指揮能力があるとは思えないから。

で、僕らがそう感じ、一般国民の多くもやはりそう感じていたことについて、一番ストレスを抱えていたのは、たぶん、現職の自衛官でしょう。そして、そのことに際して、これはおかしいっていう、どういう形かはわからないけど、一種のクーデターのようなものが起きるんじゃないかと、僕は心配していた。だから、早く代えろ、早く代えろと思っていた。まっさきに自衛隊の内部で、不満が飽和すると思ったから。
それと、私見では、文書はなくなるはずがないよ。決してなくなるはずがない。日報というのは、公式の文書なんだから。たぶん、三年とか五年とか保存期間があって、それはなくなるわけがないし、捨てるはずもない。
どこかになくなったというのは故意に捨てたことにしていたんだよね。捨てたということは何かと言ったら、その記載内容が、たぶん、隠蔽すべきものだったということです。僕が考えているのは、死傷者は出なかったかもしれないけど、あの日に自衛隊は反撃したんじゃないかと思う。そう考える根拠はないけど、まず、文書は捨てるわけがない。じゃあ、どうして、その日にちのものだけがないのかといったら、そこに知られちゃならないことが、あってはならないことが書いてあった。だから、戦死者が出たのか、けが人が出たのかわからないけれども、少なくとも弾は撃ったんじゃないか、と。
吉岡　戦闘をした、ということですね。
浅田　と思います。
吉岡　要するに、憲法九条に抵触するような戦争をしてしまったということですね。

浅田　だから、自衛隊がなぜすばらしい軍隊かといったら、七〇年間近く、敵に向けて、弾を一発も撃ってないわけだよ。それが理想の軍隊なんだよ。ほんとうはね。そう考えると、いまのままでいいと思うんだけど、七〇年ぐらい戦争しなかった国なんて、そうはないわけだから。でも、僕は、あの日、南スーダンPKO部隊で何かがあったんだと思う。
それと、もしかしたらもう一つ考えられることは、あれは、防衛大臣を引きおろすためのそういう形のクーデターであった可能性もあると思う。
いずれにしろ、最後は俺たちもやめるから、あんたもやめろよっていう話になったんじゃないか。

吉岡　結果として、そうなりましたね。

浅田　だから、僕は、ほんとうの陸上自衛隊の上のトップの何人かは、真相を知っていたと思う。ともかく、そういうことを考えれば、任命責任は重大だよ。

吉岡　任命したのは総理大臣でしょう。

浅田　それは、総理大臣が自衛官の声を聞いていないということなんだ。それは、だめだよ。自分が自衛官の気持ちになってみても、嫌だもん。だって、総理大臣や防衛大臣に対しては、最高の栄誉礼を捧《ささ》げるんだよ。ラッパを繰り返して、捧げ銃《つつ》で見送るんだよ。ましてて、北朝鮮のこの時期にだね、もしもほんとうにやる気なら、撃つなら、いまだという感じだよ。それが、ずっと続いているんだから。これは、自衛官は、大変な危機感を持ったと思う。いざというときには、すべて自分たちの責任だからね。何かあったんじゃないかなと僕は思うよ。何か。

吉岡　戦闘という言葉を使うとか、使わないとか、もめたじゃないですか。あのとき言われたのは、自衛隊派遣の参加五原則の一つに「紛争当事者の間で停戦合意が成立していること」というのがあるので、戦闘があったことが発覚すれば引き揚げなければならない、しかし、それはできなかったからだ、ということね。

でも、それだけだったかな、と僕は思うのね。この指摘は南スーダンの政府軍と反政府軍の間で戦闘があったかもしれない、という話だけど、それだけのことで日報を隠すだろうか。もしかしたらどちらかの勢力と自衛隊が戦闘をしたんじゃないか、という推測も十分成り立つでしょう。そうだとすれば、浅田さんが言う、七〇年間、標的に向かって一発も弾を撃たなかった自衛隊の誇りはいっぺんに吹き飛んで、もろに憲法九条の問題になります。

　僕ら、自衛隊派遣だ、国際貢献だ、という議論をするとき、わかりやすい、机上の話ばかりしているような気がするんですよ。はい、ここにはもう戦闘はありません、道路や水道の整備をするために行くだけです、とかね。だけど、戦場ってそんなものじゃないでしょう。そのすさまじさを無視して、戦闘行為はありませんでした、なんてやられたら、現場の自衛官のストレスがこの先、どう暴発するかわからない。

浅田　そう。

吉岡　いま明らかにされている南スーダンの戦闘だけでも、自衛隊のキャンプを挟んで、政府軍と反政府軍の弾が上のほうで、飛び交っていたというんでしょう。相当な話ですよね。

浅田　それは、分析すればわかると思うんだけど、何を撃ち合ったのか。だって、反政府軍っていうのは、そんな大した大砲を持っているわけではないだろうから、たぶん、ライフルや機関銃の撃ち合いでしょう。ライフルの撃ち合いで、まんなかを飛び越すということはあり得ない。

吉岡　そうだよね。あり得ないね。もっと険しいやり合いがあったのかもしれないね。これは三島事件の当時とは、まったく違う様相ですね。

第二章　明治一五〇年

～大逆事件、明治期の戦争と文学

明治維新から一五〇年

浅田　二〇一八年は明治維新一五〇年ですよ、明治維新って何だと言う前に、こういうことがあるんじゃないかな。つまり、それまでは三百諸侯と言われて、細かく分権されていた日本の統治形態が、明治維新でもって、一つの国になっていくんだ。

ただ、直ちに完成したわけではなくて、やはり、日本という中央集権国家をつくり上げていく過程で、日清戦争、日露戦争がとても大きな役割を果たしたと思うんです。

もちろん、大逆事件（一九一〇年、明治天皇の暗殺を計画した大逆罪で、幸徳秋水など社会主義者ら二六人が起訴され、二四人に死刑判決。うち半数は恩赦で無期懲役に減刑され、残る一二人に死刑を執行）もそうなんだけれども、その前に、戦争というものが、日本という国を成り立たせるために、どれだけ大きな役割を果たしてしまったかという問題を、やっぱり考えておかなくちゃいけないと思うんです。

日清戦争にしても、日露戦争にしても、とりわけ日清戦争がそうなんだけど、国を挙げてのカーニバルだったと思う。

それこそ、東北から出征した軍隊が日本中を練り歩いていくわけですよね。錦絵がたくさん描かれたり、上野の山で写真展が行なわれたりとかね。戦争の、いわゆる軍国美談、それこそ、木口小平《きぐちこへい》（日清戦争で戦死した帝国陸軍兵士。戦死の際のエピソードで戦前の教科書に掲載された）は死んでもラッパを離しませんでしたというような美談があり、日露戦争では、広瀬武夫中佐（日露戦争当時、部下を大切にしたとして「軍神」に）の話があったりとかして、戦争によって国家の姿が形成されていった。

もちろん、ここに新聞という要素が加わりますよね。当時、新聞は創刊ラッシュというか、至るところに、新聞ができてきてね。

国論を統一するために、当時の薩長と言ってもいいんだろうと思うけど、最初に新聞紙発行条目が、もう明治の六年と、すごく早い時代に制定され、新聞紙条例（一八七五／明治八年、新聞の取り締まりを目的に制定された太政官布告）とすすみます。

吉岡　讒謗律《ざんぼうりつ》とかね（一八七五／明治八年、名誉毀損に関する処罰をさだめた太政官布告。のち刑法に含まれる形で消滅）。

浅田　それが、新聞紙法（一九〇九／明治四二年制定）になっていくわけだ。それは、一つの国家として、近代国家を成り立たせるという意味での、いまふうの言葉で言えば、イデオロギー操作なんだけど、それが、とても隅々まで行なわれて、そういったものの成果をひっくり返すものとして、大逆事件が利用されたりするというプロセスがあると思うんです。

だから、文学も、そこにも当然、かかわってくるわけなんだけど、そこのところをきちんと押さえておかないと、いきなり大逆事件というふうに言うと、ちょっと違うような気がする。

日比谷焼打事件

浅田　大逆事件で死刑になった幸徳秋水（一八七一～一九一一。明治期のジャーナリスト、思想家）だって、日露戦争の非戦論者ですよね。萬朝報《よろずちょうほう》（一八九二年、作家・黒岩涙香《るいこう》が創刊）という当時の大きな新聞は、最初は非戦論だったけれども、途中からロシアをやっつけろとなって、そのくせ、日比谷公園で、ポーツマス講和条約反対運動の日比谷焼打事件の延長で、国民新聞を焼打にしたね。

だから、当時、やっぱり、新聞が、表現の自由が、どこまで許されていたかは別にして。もちろん、大日本帝国憲法下ですから、自由ばかりでないわけで、新聞は戦争をあおったり、反対したり……。

吉岡　そうですね。戦争がね、戦争自体が、やっぱり、近代日本という国を成り立たせていく、非常に大きなモーメントになってきたという歴史は押さえておきたいと思うんですよ。いわば国民意識がそこでつくられ、それを背景に、二人三脚でと言ってもいいけど、そこから日本の近代文学が生まれてきた、という道筋ですね。

日露戦争の後始末をしたそのポーツマス講和条約のとき、あれはアメリカ大統領セオドア・ルーズベルト（一八五八〜一九一九）の斡旋《あっせん》で、ニューハンプシャー州のポーツマスで日露の交渉をやったんだけど、そこに日本人で初めてイェール大学の教授になった歴史学者の朝河貫一（一八七三〜一九四八）が駆けつけるんです。彼は福島県二本松市の出身です。

朝河の名前は、東日本大震災で原発事故が起きたとき、国会事故調査委員会の報告書の冒頭にいきなり出てきて、ちょっと話題になりました。委員長が「（朝河は）日露戦争以後に『変われなかった』日本が進んで行くであろう道を、正確に予測していた。／『変われなかった』ことで、起きてしまった今回の大事故に、日本は今後どう対応し、どう変わっていくのか。これを、世界は厳しく注視している」って書いてるんです。

ここにあったように朝河貫一は当時、日露戦争に勝ったからといって、日本は欲張っちゃいけない、と警鐘を鳴らす論陣を張った。英語も日本語もできるから、調停役のアメリカの関係者にも食い込んで、いろいろやった。ところが、日本から行って、英語もできない新聞記者たちは彼をけなす記事をさんざん書き飛ばして、満州にあったロシアの財産を取れ、賠償金も取れ、と世論をあおったでしょ。それで、日比谷焼打事件なんかが起きる。

日清戦争・日露戦争・韓国併合

浅田　僕はね、対外政策は江華島《こうかとう》事件（一八七五／明治八年、朝鮮西海岸の江華島砲台と日本の軍艦が交戦した事件）、そして朝鮮半島の覇権をめぐる日清戦争から始まったんだけど、日清戦争って、たぶん一〇〇％勝てる戦争をお祭りでやったんだと思うな。

だから、吉岡さんが言ったように、近代国家としては戦争を一つやらないと、ヨーロッパから舐められるので、一つここでやっておこうというような腹であったのではないかと思う。
それで、あれは一〇〇%勝てるにもかかわらず、大本営（日本軍の最高司令部）を広島まで動かしたというのは、もうほんとうにパフォーマンスだね。

吉岡　そう、パフォーマンスですね。

浅田　まったくそんな必要はないんだけれども、明治天皇がみずから軍を率いて、広島まで前進したという、あれ一つをみても、やっぱり、お祭りだったんだと思います。

僕は、その時代周辺を題材にして小説を書いているんですけど、やっぱり、日清戦争というのは、事実上は清国と日本の戦争ではなくて、どう考えても李鴻章《りこうしょう》（一八二三〜一九〇一。中国・清の政治家）と日本の戦争なんだよね。

李鴻章が、自分の力で金を集め、自力で兵隊を集めて、戦ったみたいなところがあって、そのころ、西太后《せいたいこう》（一八三五〜一九〇八。清末期の権力者）は北京で何もやっていないわけですね。だから、李鴻章頼みになったんだけれども、日本はそういう背景もよくわかっていたから、ここで勝つには、もってこいの戦争だというので、その結果、日露戦争までやらなきゃいけないことになっちゃったんだけどね、日清戦争は必要なかったと思いますね。

日露戦争ではいろいろな偶然が左右して、日本は辛うじて勝ったんですけど、おそらくロシア側は、この戦争で負けたと思ってないんだろう。

日本は辛うじて勝ち、その直後、ロシア革命（一九一七年）が起きて、ソビエト連邦が誕生します。そうした歴史を考えると、ソ連はさらなる脅威になった。

吉岡　問題はロシアね。

浅田　もう一回、ロシアとは戦争しなければならないぞ、リターンマッチがあるぞということが一つ目。今度の相手は帝政ロシアではなくて、日本とはまったく国体の違う共産国家であるぞということが二つ目、二重の脅威だったと思うんですね。

吉岡　大逆事件も、韓国併合も同じ一九一〇（明治四三）年なんだけれども、僕は、これは偶然ではないと思うんだよ。

浅田　うん。もちろん。韓国併合というのは、ロシアの南下に備えては、やっぱり必要な措置だというのが当時の主張です。当時は空から爆撃されるという脅威は想定していないから、空の戦争というのはないからね。

吉岡　ないからね。

浅田　陸戦の時代だからロシアは南下してくるので、韓国は、言ってみれば日本の防波堤としては、絶対これは必要だと当時は主張された。それが、のちに拡大解釈されて、満州国（一九三二〜一九四五年。中国東北部に日本がつくった傀儡《かいらい》国家）の幻想にまでなるんだけれども、だから、僕は、韓国併合も、満州国の立国も、これは、すべてソ連の脅威に対する結果だと思います。それは明らかにあると思う。だから、確かに、あの時代においては、大逆事件に対する、ああいう判決の出方というのは、みんなが信じられないと思ったぐらいのものですよ。大逆事件であんなにいっぱい皆殺しにしちゃうような判決はね。

だから、共産主義に対する過度の恐怖心というのが、判決に出たんだと思う。

吉岡　なぜマルクス主義とか共産主義に対する恐怖心というものが、あんなに過度にあったんだろうね。

浅田　日本と国体（天皇制と社会主義体制）がまるっきり反対だからでしょう。

吉岡　確かに違う。同じことは大英帝国にも言えて、だから資本主義というか、帝国主義大拡張期のイギリスと日本は日英同盟を結んで、共同でロシア・ソ連に対処しよう、という流れになっていくわけだね。

浅田　それと、やっぱり、ロシアが本気で戦争すれば、強いだろう。日露戦争のころは、たまたま、いろいろな偶然が重なったからだけだと……。

吉岡　革命前夜だから、帝政ロシアの足もとはふらついていて、日本との戦争どころじゃなかったですもんね。年表上のロシア革命は一九一七年だけど、あれは十数年間に及ぶ長い政治過程の結果であって、日露戦争のころはあっちこっちで不満が噴き出し、社会不安も高まっていた。

浅田　二度目はないぞって、たぶん、みんな思っていたと思う。それが、次に、ノモンハン事件（一九三九年、日本とソ連の間に発生した国境紛争の一つ）のときに現実となる。だから、あのときは、「やっぱりね」だと思うんだよ。全然ロシアにはかなわないっていう、脅威が可視化された。

吉岡　それが第二次世界大戦後の冷戦期、ソ連に対する恐怖感にもつながってくる。だけど、考えてみれば、ロシア革命から第二次世界大戦までは二十数年しかないんですよ。世界で最初の社会主義革命って、日本ばかりじゃなく、英米独仏、まだぐいぐい伸び盛りだった当時の資本主義国すべてにとって、どう扱っていいのか戸惑うような存在だったんだろうね。
浅田　あのね、これはね、ロシアって、世界の敵みたいなところがあるじゃないですか。
吉岡　ある、ある。
浅田　かわいそうなんだけど。ヨーロッパの国々とは、ずっと戦争をし続けてきたわけだよ。
　たぶん、戦争をやったことのない組み合わせって、アメリカ対ソ連だけじゃないか。実はそうなんだよ。あとは、あらゆる国と、戦争をしているんだよ。
　これはしようがないことでね、ソ連はでかいからね。国がでかいということは、国境線に接している国の数がそれだけ多いんだから、これは、戦争というのは、ほとんど国境紛争から始まるんで、みんなの敵になる運命にあるわけ。国がでかいから。
　そういう点では、ソ連ってかわいそうだなと思うし、ロシア人のかたくなな国民性というのは、みんなからいじめられた巨人……。
吉岡　うん、扱いにくいやつ。
浅田　というのがあって、それもずいぶん歪《ゆが》んだ巨人になっていると思うんだよ。

確かにすごいんだけど、やっぱり変だろう、お前って。クラスにあいつがいたら、変だろうっていうやつなんだよ。だから、僕はそれがずっとロシアの歴史だと思うので、日本がロシアと戦争をしたのも、やっぱり、欧米の受け狙いがあったと思うんだ。

吉岡　なるほど。

浅田　受け狙い。だから、ここで、ロシアと戦争をして、うまくいって引き分けとか、あわよくば、戦争に勝つということになったら、俺たちも国際社会の仲間入りっていう、そういうところがあったんだと思うよ。

吉岡　イジメっ子グループのなかで、一番最初に手を出すやつ、か。ちょっと調子いいやつだよね。

浅田　うん。だから、日露戦争がどうやって始まったかということに関してでも、かなり曖昧ですから。日露戦争の発端。日清戦争も、もちろん曖昧なんだけど、日露戦争もかなり曖昧。

なぜ日露戦争を始めたのか?

吉岡　日本が何を狙ってロシア相手の戦争を始めたのかって、よくわからないところがありますよね。

浅田　よくわからないんだよ。だから、それって、僕らは昔から今日に至るまで、潜在的な何か悪感情を持っているんだよ。彼らに対して。

吉岡　ソ連に対して、ロシアに対してね。

浅田　天皇制って、もちろん、ずっと幕藩体制からつながってきたとは言えるんだけど、四〇年たらずの間にそんなに天皇制が定着して、土着化して、日本人のメンタリティーのなかにしみ込んでいたとも思えないんだ。

そう考えると、当時、日本人がメディアも含めて持っていたロシアに対する知識というのは、ほとんどなかったし、そんなに深いものはなかったと思う。

だから、なぜ、そんなにロシア脅威論というのが、言われるほど大きくなったのかと、いまだによくわからないところがあるんですよ。

吉岡　司馬遼太郎の『菜の花の沖』（一九八二年）の最後のほうで、江戸時代後期の日露交渉の話が出てくるでしょ。廻船業者の高田屋嘉兵衛が走り回って、日本側の捕虜となっていたディアナ号艦長のゴローニンを釈放するという話。日露戦争の一〇〇年近く前の話ですけど。

交渉は何年も長引いて、いろいろ駆け引きもあるんだけど、その過程で嘉兵衛とゴローニンなどロシア側人士はお互いに理解し、人間的な共感を覚えるようになる。ロシア船員も最後には「ウラァ、タイショウ（万歳、大将）」と叫んで、嘉兵衛に声援を送ったりする。小説だけど、かなり史実に忠実な物語ですよね。

この話が当時の、またその後の日本にどれだけ知られていたかわからないですが、日露、日ソ、それからいまの日ロ関係をみると、少なくともわれわれ日本側に、相手方を人間としてみる、という態度はあまりないですよね。ずっと国対国の関係で眺めている。

そのベースになるのは、われわれもまた一国である、天皇制に基づいた国家である、という意識でしょ。

ただ、どうなんだろう。日露戦争当時は、てんでんばらばらの三〇〇藩の江戸時代を通過したばかりで、明治維新からほぼ半世紀、そんなに天皇制が浸透して、われわれは帝国の臣民だという意識はなかったと思うんですよ。

そう考えると、もう一つ思い浮かぶのは、知識の不足ですよね。ロシア、あるいはソ連に対するナマの知識がほとんどない、ということね。特に新聞、メディアですね。とにかく相手を誇張し、お化けみたいに怖いものだと描く。

浅田　決定的なのは、僕らの世代からすると、ソ連が一九四五（昭和二〇）年八月九日という敗戦まぎわぎりぎりになってから、日本に攻め込んできたっていう、その記憶が一つと……。

吉岡　それはある。

浅田　それから、シベリア抑留の悲劇とか、北方領土のこととか、何しろマイナス要素ばっかりなんだ。友好があったという記憶がないんだよ。

吉岡　ない。ないの。

浅田　不思議な国だね。

日清・日露戦争時の文学

吉岡　でもね、日清・日露戦争のころの文学をみると、なかなかおもしろい。新聞が戦争をあおって、世の中がお祭り騒ぎみたいになっているとき、小説家は案外冷静に現実をみているな、という気がする。

集英社の『コレクション　戦争×文学』、別巻を入れて全二一巻の第六巻（日清日露の戦争）にも、それぞれは短いけれど、すごい作品が載ってます。

萩原朔太郎《さくたろう》（一八八六～一九四二）の『日清戦争異聞（原田重吉の夢）』（一九三五年）は、日清戦争で手柄を立てた田舎者が復員してきて、自分のその手柄を壮士芝居で演じているうち、零落して死んでいくという話。一時の熱狂がこうやって冷めていくのかってよくわかるし、小説としてもシャープですよ。

泉鏡花（一八七三～一九三九）の『凱旋祭《がいせんまつり》』（一八九七年）も不気味な話です。戦争に勝って、凱旋の祭りのさなか、生首提灯《ちょうちん》とか、派手な装飾物とか、暴風に吹き飛ばされていくさまをグロテスクに書いています。

小説じゃないので、ここには載ってないけど、国木田独歩（一八七一～一九〇八）は日清戦争のとき、海軍に従軍し、弟に宛てた手紙文体で戦況報道をやってますね。あとで『愛弟通信』にまとめられますが、無名の新聞記者だった独歩は、この戦争報道で一躍有名になった。これなんか、のちの日中戦争（一九三七〜一九四五年）の火野葦平《あしへい》とか林芙美子《ふみこ》の戦争レポートの先駆けでしょう。

国木田独歩は日露戦争のとき、『号外』（一九〇六年）という短編小説を書いている。戦争中、みんなが競うようにして新聞号外を読んで興奮したのに、戦争が終わって、そういうものがなくなって、生きる張り合いがなくなった、みたいな酔っ払いの与太話。森鷗外《おうがい》（一八六二〜一九二二）の『鼠坂《ねずみざか》』（一九一二年）もありますね。戦争成金の家の新築祝いの夜、招かれた新聞記者が、かつて戦場で犯した醜悪な犯罪を思い出し、脳溢血《のういっけつ》死してしまう。

こういう小説をみると、文学者はそんなに当時の風潮にあおられていない、という印象があるんですよ。熱気にあおられはするけれど、その冷めていく行き先もちゃんとみている。案外、冷静なんです。

ま、文学者やちょっとしたインテリの間では、当時、ドストエフスキーとかトルストイ、チェーホフなんかのロシア文学は必読書だったでしょうから、世間一般の風潮とは違う、ということもあったかもしれない。そうやって距離を取る、そこから文学が生まれる、ということなんでしょうね。いま読んでもおもしろいし、かなり深いところで参考になります。

第三章　大正デモクラシーと昭和の暗転

～谷崎潤一郎、石川達三、川端康成、火野葦平

大正デモクラシー

浅田　大正の時代はプロレタリア文学（一九二〇年代から三〇年代、社会主義の立場からの文学。代表的な作家に小林多喜二ら）は、かなり厳しかったかもしれないけれど……。

吉岡　大正末期、文芸誌「種蒔く人」から始まって、二、三年で廃刊に追い込まれましたからね。

浅田　反戦ということに関しては、かなり緩かったと僕は思う。

吉岡　新聞紙条例から新聞紙法ができたけど、その後の日本文学報国会みたいなものは、まだないからね。

浅田　まだ自粛の時代だと思うんだよね。本格的に軍が干渉してくるのは、一九三八（昭和一三）年の国家総動員法以降だと思う。大正時代は、わりと緩いんだよ。

吉岡　この段階、作家はけっこういいものを書いているでしょう。

浅田　先日、近代文学館の文学教室で大正時代の文学について講演したけど、事前にあれこれ調べてみたらね、大正って、すごく緩いなと思った。

吉岡　プロレタリア文学を別にすると、確かに自由主義、リベラリズムの時代なんですよ。

浅田　昭和に登場した作家たちというのが、その後、国家総動員法にそのままひっかかるから従順になっちゃうんだけど、大正時代のこの空気を知っている作家というのは、わりと抵抗する。谷崎潤一郎（一八八六～一九六五）の『細雪《ささめゆき》』（上巻初出は一九四三／昭和一八年、月刊「中央公論」一月号と三月号。軍部が六月号の掲載を差し止めたが、翌年谷崎は上巻を私家版で刊行、完結は戦後）がいい例で、もう何回もアウトを言われても、ただ、ひたすら書き続けるというのは、彼はやっぱり大正時代のその自由な空気を知っているんだよ。

吉岡　そうですよね。

浅田　こっちがほんとうじゃないかって。昭和の作家と谷崎は違うと思った。昭和デビューの作家は、たぶん、文学が自由なものだとは思えなかったんだ。

吉岡　そうかもしれない。最初から、厳しい空気だからね。

浅田　そこの違いは大きいと思う。

吉岡　プロレタリア作家の黒島伝治《でんじ》（一八九八～一九四三。『渦巻ける烏《からす》の群』など反戦文学）がね、明治の時代の、いま言ったような森鷗外や萩原朔太郎の戦争小説を取り上げて、

「ちゃんと戦争の時代をみてないじゃないか」というようなことを批判するんだ。確かに見方が一方的とか、当たっているところもある。

黒島が言うのは、敵味方双方がいる戦争なんだから、そこに動員された日露双方の兵士を描かないと、戦争というものがわからないだろう、と。文学論で言えば、全体小説ということなんだろうけれども、そりゃ確かにそのとおり。だけど、文学技法としては、これは難しいですよ。

黒島伝治自身が書いた作品をいくつか読んでも、例えば日露戦争当時を描いた『橇《そり》』（一九二七年）とか、『パルチザン・ウォルコフ』（一九三〇年）とかね、そんなにうまくいってない。気宇は壮大でも、小説となると……。全体小説論は戦後も何度か提起されますけど、身振りが大きい割には成果が小さいですね。

ただ、浅田さんが言ったように、明治末から大正にかけての小説は案外におもしろい。失敗作も含めて、大胆なことをいろいろやっているものね。

浅田　昭和一〇年代の小説を読むよりも、むしろ大正時代の小説を読んだほうが、いまの人はわかりやすいはずです。おもしろいとも思うだろうし、自由な空気がある。

吉岡　日本ペンクラブで年に一回、「ふるさとと文学」という文学イベントをやっているけど、先日、その三回目で「川端康成の伊豆」をやりましたよね。浅田さんが川端の『眠れる美女』の原稿コピーなんか持ってきて、えーっ、こんなに川端大ファンだったんだって、びっくりしましたよ。

浅田　川端さんは天才ですね。文体が変幻自在で、苦労の痕跡がみられない。さほど考えているとも思えないのに、時制が混乱しない。読者をたちまち異界に連れていってくれる。努力して手に入れた方法ではありませんね。ナチュラルという点で、誰も真似のできない天才です。

吉岡　それで、その準備のとき、僕、川端康成（一八九九〜一九七二。ノーベル文学賞受賞、日本ペンクラブ第四代会長）が一九歳、学生のときに伊豆を旅して、モデルとなる旅芸人一行の踊子に会って、それから『伊豆の踊子』（一九二七年）を完成させるまでの足跡をたどってみたんです。天城七里の山道を歩いたり、トンネルをくぐったり、実際に行ってみました。あの小説ができるまで、川端は八年かけているんですよ。

その間に何があったかというと、何といっても大きかったのは大正一二（一九二三）年九月の関東大震災ですね。死者一〇万、壊滅した東京を目の当たりにして、川端康成も横光利一（一八九八〜一九四七）も、新文芸に目覚める。折りしも、その廃墟《はいきょ》に自動車が走り、飛行機が飛び、ラジオ放送が始まったときです。

川端は「地震が既成文芸の終点であり、新文芸の起点となることは確であろう。（中略）我々はこれを機会に一層露骨に大胆に既成文芸に対する不満を述べ、新文芸の要求を明かな形で提唱すべきであると思う」と書いています。ここから洋行派の森鷗外や夏目漱石とも、田山花袋《かたい》（一八七一〜一九三〇）や島崎藤村の自然主義とも違う、新感覚派の文学が始まったわけですね。

日本文学の伝統でいうと、私小説につながっていく自然主義、都市化と工業化の矛盾から生まれたプロレタリア文学、物語や時代批評につながっていくモダニズム文学がありますけど、川端などのモダニズム文学はここから始まるわけですね。川端のその最初の成果が『伊豆の踊子』です。そういうものを生みだすくらい、大正時代はリベラルだった。

浅田　谷崎の『痴人の愛』（一九二四年、「大阪朝日新聞」、同年〜一九二五年、「女性」連載）みたいに、親子ほども離れた娘を育ててね、それが成長して、浮気されてとか、あれがオーケーなんだもの。だから、やっぱり、自由だったんだよ。

浅田　と思いますね。

吉岡　そうですね。戦争美化は、そんなに出ていないからね。それは確かに感じますね。

姦通罪《かんつう》

吉岡　姦通罪という罪状がありましたけど。

浅田　姦通罪というのは、親告罪だという点がポイントです。

吉岡　うん、興味深い。

浅田　不倫したら絶対に捕まるかというと違うんだよ。亭主が、うちの女房、浮気しましたって言って、訴え出なければ捕まらないわけだから、実は言われているほど、立件数は多くなかったと思うんだ。

吉岡　でも、姦通罪があったということは、それだけそういう現実があったということでしょう。もっとも、男どもは外にいくら妾《めかけ》をつくっても罰せられない。

浅田　それ、ひどい話だよね。ひどい。いまだったら、みんな、きっと親告し合うだろう。

女房も亭主もさ、いま法律が生きていたら、全員、逮捕だよ。
吉岡　それじゃ、いまのワイドショーは成り立たないよ（笑）。韓国では、つい最近までその法律は生きていたんじゃないかな（二〇一五年憲法裁判所での違憲判決を受けて廃止）。
浅田　僕もこの間、戦前の姦通罪で満州に駆け落ちした男女の小説を書いたんだ。それで、ちょっと調べた。何で親告罪かと思ってさ、それで、ストーリーが変わるからね……。姦通された夫が訴え出るんだ。
吉岡　夫が訴えるわけ？
浅田　そう、女房を寝取られた話だから、男にとって大変な屈辱なわけ。表沙汰にしたくないですよね、普通の人としては。
　女房を捜し出すために警察を利用する。しかしこの話では警察の力だけじゃ無理だと判断し、男は陸軍省の出入り商人だったから陸軍省にかけ合う。逃げた男に召集令状を出させるんだよ（笑）。
吉岡　おもしろいねえ。
浅田　そいつは人妻と一緒に満州へ逃げていて、召集令状がきたってこと自体が、わからない。結局、憲兵に捕まる、っていうストーリーをつくったんだ。

吉岡　なるほど。

浅田　それで姦通罪をあれこれ調べてみたんだけど、何だ、これ、親告罪かって、思ってさ。

吉岡　加賀乙彦さん（一九二九〜）がペンクラブのシンポジウムで、戦前という社会を把握するのに、兵役法と姦通罪と二つ並べて、これが戦前の社会を形づくっていたと、非常に短い時間のなかですけど、力説したことがある。かなり調べて、相当深い意味を込めて、おっしゃっていたんではないかな、あれは。

普通選挙法と女性参政権

浅田　女性選挙権って何年だっけ。

吉岡　敗戦後の一九四五（昭和二〇）年一二月に、女性の参政権が認められた。もちろん選挙権と被選挙権の両方ですが。で、男のほうはというと、さっきの大正リベラリズムの影響もあって、普通選挙法ができたのが大正一四（一九二五）年ですね。

浅田　女性選挙権が昭和二〇年一二月か。それまで女性は選挙もできなかったの？　ひどいね。女性に選挙権がないっていうことは、女性は当時国民として認められないみたいなもんだよな。でもね、戦前は軍人も選挙権なかったんだよ。

吉岡　え、軍人ってなかったの？

浅田　意外と、知られてないんだよ。軍人は選挙権がないんだよ。

吉岡　ああ、そうなんですか。政治に干渉しないということですか。

浅田　そう。軍人勅諭にあるとおり。現実には、もっとひどい干渉をしているんだけど。

吉岡　乃木《のぎ》大将も選挙したことない？

浅田　ない、ない。選挙になっても、戦前は兵営の内側は関係ないの。

吉岡　ああ、そうなんだ。

それでも初期の選挙は、高額納税者でなければいかん、とか所得制限があったでしょ。それが外れていって、男たち全員に選挙権があるということになった。

浅田　男全員か。じゃあ、戸主だけじゃないね。嫁をもらっていない次男坊にも選挙権はあった。

吉岡　きたよね。ところが、普通選挙法はできたけど、もう一方で、治安維持法と抱き合わせだったですよね。選挙によってだけれども、一応男なら誰でも政治に参加できることになった一方、とはいえ国体の変革または私有財産制度の否認を目的とする活動は許さないぞ、という法律をつくった。セットだったんだね、治安維持法と普通選挙法。

浅田　あのね、僕の一番古い記憶って、昭和三〇年ごろだと思うけど、うちのじいさんが、選挙へ行くのに袴をつけていったのを覚えている。紋付き袴で。

吉岡　特別なことだったわけね。

浅田　それは、さあ国政に参加するぞという気概があったんじゃないかな。

吉岡　僕もね、小学校へ上がる前にじいさんは亡くなっているんだけど、その格好は覚えている。紋付きの羽織袴で投票に行く。昭和二六、七年だね。

浅田　近所の小学校についていった記憶があるんだけど、確か、みんな正装していたという感じはあった。そう。着物を着たり。お母さんも、ちゃんと羽織を着て。だから、昔の選挙は、そういう厳粛なものだったんだ。

吉岡　敗戦から十数年は、そうだったんじゃない？　戦争で、軍部にひどい目に遭ったことが身に沁《し》みていた時期だから、「すべての民意を国会へ」という意識が強かった。まだ民意が旧軍部や政府と対抗できると思われていたから、真剣だったんだな。

浅田　ほんとうはさ、選挙っていうのは、そういうものじゃなきゃ、いけないと思うんだよ。

吉岡　普通選挙が始まった当時を描いた小説ってあるんですか。それって、ある意味大変な出来事なわけじゃない？

浅田　小林多喜二（一九〇三〜一九三三）の『東倶知安行《ひがしくっちゃんこう》』は、選挙のことじゃないですか。大物の立候補者がくる演説会に多数の聴衆が集まるところに、そりに乗って応援にいくとか、そういう話だったと思いますよ。選挙の話。昔、そりに乗っていったんだよ。

吉岡　ああ、読んでないな。

普通選挙法は、明治の自由民権運動以来の積み重ねではあるけれど、大正デモクラシーの成果ですよね。日本も、国際的にそれほど遅れていたわけじゃない。

浅田　大正というのは、いい時代だったんだと思うよ、たぶん。

吉岡　明治末に出た島崎藤村の『破戒』（一九〇六年）ね。夏目漱石に「明治の小説として後世に伝ふべき名篇也《なり》」と絶賛された自然主義小説の先駆的作品ですが、あのなかで主人公の丑松《うしまつ》が被差別部落の解放に奔走する政治家にだんだん心惹かれていくシーンがありましたよね。

あのころの小説に出てくる演説会の様子は、警官も会場にいて、「弁士、中止ーっ」とか叫んで、聴衆が大騒ぎするとか、何かこう、騒然としてますよね。演説する政治家も聞きにきた聴衆も、えらく元気がいい。言葉の力っていうものをすごく感じさせる。

雄弁会って、全国にあったんですよね。明治の末、野間清治（一八七八〜一九三八。講談社創設者）が東京帝大の弁論ブームに目をつけて、大日本雄弁会をつくり、弁論を活字化することを思いつく。これで講談社が始まって、雑誌を軸にした戦前戦中の大衆文化が花開いていく。言葉というか、話し言葉の力でしょ、これ。

浅田　やっぱり、いまの政治家の答弁を聞いていると、何でもかんでも、言葉尻をとられるんじゃないかと、おっかなびっくりと、つっかえ、つっかえ、センテンスを区切って、しゃべっている感じってあるでしょう。

吉岡　そうですね。

浅田　もともとが口下手な人が多いのかもしれないけれども、何を怯《おび》えているんだろうなっていうふうに思えるんだよね。あの言葉遣いだけで、ちょっと信用できない感じがする。

吉岡　あのしゃべり方では信用されないね。「〜において」「〜したところの」って言いながら、その間に言葉尻を捕まえられない言い方を一生懸命考えている。その様子が、テレビなんかでみると、透けてみえてしまう。その表情までみせてしまうから、テレビは怖いですよ。あれじゃ、キューバのカストロ（一九二六〜二〇一六）みたいに、雨のなかで延々八時間も演説して、大衆の心をつかむみたいな真似はできないな。

浅田　言葉の力っていうのは、全体的に弱くなっているんじゃないかな。これも、日本ペンクラブが指摘しなければいけないことかもしれないんだけれども、何かこう決められた言葉を、決められたようにしか言えなくなって、語彙が貧困になって、表現力が貧困になっている感じっていうのは、すごくあります。

石川達三『生きてゐる兵隊』

吉岡　やはり日本ペンクラブの「ふるさとと文学」の二回目（二〇一六年）のとき、「石川達三の秋田」をやりましたよね。

石川達三（一九〇五～一九八五。日本ペンクラブ第七代会長）は秋田県生まれ、岡山県育ちで、小説を書きたいと思っていた学生時代がちょうど昭和大不況です。ウォール街の株価大暴落（一九二九年）から始まった世界恐慌が日本にも波及し、その上に東北地方の凶作が重なったりして、関東大震災でぺしゃんこになった大正リベラリズムが、ここで完全に息の根を止められます。

この二年後が、満州事変（一九三一年）。あっという間に軍国主義になっていく。

このとき業界紙の記者をやっていた若き石川達三は、南米ブラジルへの移民船に乗り込むわけですね。たぶん何も知らないで乗ったと思うんですが、そこで彼は世の中の現実に出会った。もう棄民ですからね。全国から集まった一〇〇〇人からの窮乏百姓を乗せて神戸港を出た移民船がインド洋を越え、アフリカを回ってブラジルに着く、その一ヵ月間の船中を描いたのが、出世作の『蒼氓《そうぼう》』、その第一部です。

ここには一応、お夏という主人公がいるんですが、不思議な小説で、この世間を知らない健気な娘はちょっとしか登場しません。作者の目はそのほかの百姓移民たちのてんやわんやに向いていて、いわばこれ、群衆劇のつくりですね。

その後、石川はコーヒー農園に配分され、また彼らと一緒に働きます。このあたりが後半ですが、ともあれ彼は帰国後に書いた『蒼氓』の第一部で、太宰治などを押しのけて、第一回の芥川賞を受賞します。これが一九三五年、昭和一〇年。

ちなみに、この同じ年、日本ペンクラブが創立されています。

ところが、売れっ子作家になった石川達三の前にぬうっと現れたのが、戦争です。一九三七（昭和一二）年八月、日本軍が上海を攻撃・占領し（上海事変）、一二月には国民党政府の首都・南京《ナンキン》まで攻め上がって、のちに犠牲者が五万だ、いや、三〇万だと問題になる掠奪《りゃくだつ》暴行を行なった南京事件が起きる。

このとき石川は、これだっ、とつかんだと思うんですよ。戦争は群衆劇でしょ。あの何とも言えない、ざわざわした人間の群像がここにある、と。これは、作家としてのひらめきというか、勘でしょうね。

それで彼は上海から列車に乗って、南京に行く。南京陥落は一二月一三日ですが、着いたのはそれから三、四週間後かな。それから一ヵ月くらい、兵隊と一緒に寝起きしながら根掘り葉掘り聞いて回った。それから東京に取って返して、憑《つ》かれたような猛スピードで書いたのが雑誌「中央公論」の翌一九三八（昭和一三）年三月号に載った『生きてゐる兵隊』です。

浅田　ほとんど数週間で書き上げたっていう感じですよね。

吉岡　もう興奮状態で書いたでしょうね。

彼としては、政府批判をしようとか、戦争批判をしようとか、そんなこと、まったく頭になかったと思いますよ。あくまで戦場における兵士、という群衆劇のつもりだったと思うな。でも、そこはやっぱり戦争でね、掠奪も、強姦も、殺害もある。彼としては、それも兵隊から聞き取ったこと、実際にあったことだから、書いても問題ない、と考えたんじゃないかな。

しかし、原稿を受け取った「中央公論」編集部は、こんなの、いまの時局じゃ無理だろうというので、あちこち伏字にするし、元医学生がだんだん正気を失って、「俺あまた女を殺したくなって来た」なんて叫ぶ最後の章なんか、ばっさり削ってしまった。

書いた本人からすれば、結末のない小説になってしまったわけで、不本意だったに違いないけど、それでも検閲に引っかかって、結局、雑誌は発売禁止、石川達三と編集者らは禁錮四ヵ月、執行猶予三年の有罪判決になった。

でも、それくらい何も配慮しないで書いたんじゃないかな。

浅田　そう。それと、昭和一三年、どこまで書いたらアウトなのか、どれを書いたらセーフなのかという基準が、まだないんじゃないかな。

吉岡　ない。おそらく双方が手探り状態。

浅田　だから、石川達三も、罰を食らったら、そのときは、そのときだぐらいの感じで、思うとおりに書いたんだと思う。それとね、やっぱり、僕もデビューした当時というのは、言葉狩りが非常に言われているときで、ちょっとのことでも、アウト、アウトって言われて、あのころ、ペンクラブは何をしていたんだろうなって、いまからみると思うんだけれども。

自分で『コレクション　戦争×文学』を編集するときに、集英社の編集者と議論した記憶がある。いまは大分緩くなったけれども、百姓という言葉を書いたら、もうアウトだって言われてね、でも、時代小説を書いてさ、昔の農民がね、自分たちのことを「俺たち農民はよう」と言ったらおかしい。これは百姓だし、それに百姓を差別用語だというのは都会人の思い上がりであって、百姓は自分で「俺たち百姓はよう」って言うんだから、それを自分たちに合わせて表記するのは、これこそ偏見だというような議論をした覚えがあります。

でも、このときも、そういうような時代でも書く側というのはやっぱり自分の矜持《きょうじ》があるから、正確なこの言葉を使いたいという気持ちがある。それを、いろいろやりとりした。

石川達三にとっても検閲が始まったばっかりの時期だったんじゃないのか。だって、大正デモクラシーから、ほんとうに何年かしか経っていないときなんだから、もう何を書いてもいいと、むしろバツをつけられるのが変だというような意識は、書き手にはあったと思う。

国家総動員法

吉岡　国家総動員法ができた年ですけれども……。

浅田　昭和一三（一九三八）年、その年。

吉岡　そう、この『生きてゐる兵隊』が出されたのは、国家総動員法ができる前ですよね、その直前。

それまでは、浅田さんの言うとおり、ソ連が脅威だった。だから、共産主義をそそのかしたり、宣伝するようなグループとか、印刷物とかを検閲し、狙い撃ちのように摘発していればよかった。しかし、満州事変以降は、別に共産主義者じゃなくても、政府や軍部のやり方はおかしいんじゃないか、と感じるような社会になってきた。

政府にとっては、そんなものがどんどん出てきたら困るし、言論機関のほうも、何を、どんなふうに書いたら発禁になるのか、その基準がなくて、びくびくする。新聞社も出版社も事前検閲があったほうがありがたい、というのが本音だったんじゃないかな。

浅田　出版社にとって発禁が一番やばいんだ。

吉岡　本なんか、もう印刷が終わっているわけで、経済的ダメージを受けますからね。それを考えれば、無難に、無難に、というので、どんどん自粛が進んでいったということですね。

浅田　そういうこと。

吉岡　この石川達三の事件の前後、検閲や言論統制のシステムはどう変わっていったんでしょうね。

『出版警察報』

浅田　この昭和一三年の時点では、軍はほとんど関与していないと思う。警察主導だと思う。当時、警察の出している『出版警察報』というのがあってね。月刊の非公開文書だけれども、警察ニュースみたいな、官報みたいなやつでね。初めて、新聞掲載禁止事項の基準というのが明示されたのがこの年の七月号です。こういうことは書いちゃいけないんだよというんだけど、それでも、まだ何か漠然としていてね。

例えば、いま、読んでみると、作戦計画の内容や命令の内容とかね、発信者、受信者とかね。具体的には、戦闘序列または軍隊区分における隷属系統、部隊号、部隊数。つまり、具体的な戦闘の状況というのは、人の名前とか、部隊の名前とか、所在地というのは書いてはいけないよというようなことを、警察では通達したみたいです。

この刊行物は軍関係の資料ではないので、最初は、軍の意向を受けて警察が指導していたんだと思う。

吉岡　なるほど、警察を通じてね。その『出版警察報』っていうのは、いつから?

浅田　昭和三（一九二八）年からで、内務省警保局が編というのは、いまの警察庁だろうな。

吉岡　うろ覚えですけど、岩波書店を創業した岩波茂雄（一八八一～一九四六）の回想で、『日本資本主義発達史講座』（一九三二／昭和七年から、経済学者・野呂栄太郎らが編纂《へんさん》。全七巻）を出そうと企画したとき、ある人に仲介してもらって、その筋に内容説明し、出版オーケーの了承をもらっていたのに、いざ刊行し始めたら、四回目配本から発禁になって大慌てしたというんです。

浅田　ということは、石川達三の場合、中央公論社はこの小説の事前検閲を受けなかった?

吉岡　受けてないですね。編集部が忖度《そんたく》して、伏字や削除をやっている。

浅田　自粛なんですね。ということは、こういうことに懲りて、その後は事前検閲を徹底するようになったんだ。

吉岡　でも、自分たちでやるわけだから、伏字なんか、「××××××」って、削った文字数分だけバツを入れている。ちょっと賢い読者だと、そこに何が書いてあったかっていろいろ考える、そういう楽しみもあったりなんかして（笑）。とにかく出版社としては、これだけ削りましたよ、という姿勢をみせておけばオッケーか、みたいなところもあったんじゃないかな。

石川達三の場合は、印刷の途中でも削除がつづいたものだから、消された文章もあれば、別の版では消されていなかったりして、それがまたあとで、「消してないじゃないか」と問題になるんですけどね。

浅田　でも、いま僕の言った、『出版警察報』の具体例から石川達三の表現のところまでは、ちょっと飛躍がある感じがするんだよね。

発禁の基準をみてみると、軍の行動に関する秘匿をしてよと言うんだから、これは、わからんでもない。

吉岡　作戦行動が、敵に筒抜けになった日には、どうしようもないからね。

浅田　ところが、石川達三の場合、いわゆる精神上の問題だよ。作者と読者のね。そこに立ち入ってくるということに対しては、相当飛躍があると思うんだ。

吉岡　彼の罪状は「安寧秩序を妨害し、また風俗を壊乱するもの」という新聞紙法違反です。国家総動員法はまだなかったし、国体の変革または私有財産を否定する者を取り締まる治安維持法はあったけど、それとも違います。

『生きてゐる兵隊』って、よく読むと、日本軍の残虐行為も書いているんだけど、描写自体はそれほどどぎつくないですよ。さらっと、即物的に書いている。そこは石川自身、かなり気をつけて書いたと思う。しかし、若い兵隊が精神的に追い詰められていくところなんかは、冷静に書き留めている。そこが、小説の本筋になっている。そうか、軍隊っていうのはこんなふうに人間を変えてしまうところか、というのは、読んでいて伝わってきます。

これは、軍としては、まずい、と判断したんじゃないかな。ここから火野葦平（一九〇七～一九六〇）の発見にいくんじゃないですか。

火野葦平『麦と兵隊』

浅田　なるほどな。そこは、やっぱり、警察が主導していたところに、軍が関与してきたという飛躍じゃないの？　だからそこから、火野葦平に結びついていくんだな。火野さんというのは、ほんとうに気の毒な人でね、タイミングよくスケープゴートにされたと思うんだよ。

吉岡　少し石川達三にもどすと、『生きてゐる兵隊』は発禁になったあと、一ヵ月後か二ヵ月後には中国語版が三種類くらい出たし、英語版も出た。もちろん中国側としては日本軍の残虐性をアピールする格好の宣伝材料だと考えたんだろうけど、次々と各国語版も出版されたようです。

浅田　ノーベル文学賞ものだな。

吉岡　著作権法違反だと思うけど（笑）。政府・軍部としちゃ、それもおもしろくないから、取り調べのとき、最初からそのつもりだったんだろうって、石川を問い詰めたらしい。

浅田　石川達三は意識的にやったんじゃないのかねぇ。

吉岡　そこまで考える余裕はなかったでしょ。でも、中央公論社に対しても警察は文句を言うんだけどね。

浅田　中央公論。そういえば、『細雪』も中央公論だよな。さんざんな目に遭っていたわけだな。

吉岡　当時は「文藝春秋」があって、「改造」があって、名前からしてそのまんなかをいく「中央公論」だから、右翼でもなく、左翼でもなく、リベラル。社会民主主義より、やや右寄り。

浅田　そうか。摘発はラジカリスト（過激派）から行かないで、むしろリベラルからか。

吉岡　その前には、私有財産の否定だとか、国体の変革、つまり、天皇制否定という主張は、もう治安維持法の摘発対象になっているから、左翼はもうこっちでやればいい、と。そこで次のターゲットはリベラル、自由主義者。それの最初に引っかかったのが石川達三と「中央公論」。

浅田　その中央公論社が、狙われたという可能性もあるの？　恣意的に。

吉岡　『風にそよぐ葦』（一九五〇年）という石川達三の戦後になって書いた小説があるじゃないですか。あれを読むと、中央公論社だけが、という感じではないんだけど、あの社長は確かに目をつけられていた。

でも、彼の思想が、というのとも違うんだよね。当時の社長の嶋中雄作（一八八七～一九四九）は戦争中にも麻のスーツなんか着て、ステッキを持って、帽子をかぶって、ダンディーな格好をして、国民服なんか絶対に着ない。あのスタイルがにらまれたことは間違いないだろうな。

総合誌でいうと、一番にらまれたのは「中央公論」より、「改造」でしょ。大正デモクラシー全盛期の創刊で、アインシュタインなんかを招くわ、志賀直哉（一八八三～一九七一）や芥川龍之介（一八九二～一九二七）に小説を書かせるわ、で一世を風靡《ふうび》したけれど、ベースにあったのは社民主義とマルクス主義だから。大本営報道部と神奈川県特高警察による横浜事件（一九四二年）のデッチあげで廃刊に追い込まれていく。

浅田　ああ、狙われてはいるんだな。

吉岡　「中央公論」はもう少し右寄りだったから、一九四四（昭和一九）年に自発的閉社を命じられるまでつづいた。自発的閉社の命令って、変ですけどね（苦笑）。

菊池寛とペン部隊

浅田　いやね、悪口は言いたくないけどね（苦笑）、文藝春秋を創刊した菊池寛（一八八八～一九四八）は、けっこう立ち回っているわ。立ち回りがすごい。

吉岡　うまいんだ。

浅田　彼は、何なんだろうね。やっぱり、経営者としてのセンスはあったのかな。

吉岡　いや、だから、『生きてゐる兵隊』事件があったときの、次の号だったか、その次の号だったかの「文藝春秋」の編集後記でね、菊池寛が、うちではこんな不始末を起こすようなことは極力しないように気をつけている、みたいなことを書いているんだよね。

浅田　従軍ペン部隊（一九三八／昭和一三年）だってね、やっぱり主導しちゃっているものね。

吉岡　菊池寛がプロデュースしちゃっているもの。そう、ペン部隊ね。

そもそも火野葦平が『糞尿譚《ふんにょうたん》』（一九三七年）で芥川賞を受賞したとき、従軍中の火野に正賞の時計や副賞の賞金を届けたのが、当時の批評界の俊英、小林秀雄（一九〇二～一九八三）ですよね。火野が日記に「（文藝春秋は）大物を送ってきやがった」と書いています。その手配をしたのも、菊池寛でしょう。

浅田　火野葦平が従軍している中国へ届けるんですね。

吉岡　火野葦平の『麦と兵隊』（一九三八年）の復刻版がアマゾンのキンドルで読めるんですよ。もともとは国立国会図書館の近代デジタルライブラリーにあったスキャンデータをそのままキンドル用に書籍化したものですが、その最後のほうにね、推薦文みたいなものが載っているの。

書いたのは、高橋少佐っていう人。名字だけで、下の名前は書いてない。火野の上官だったらしいけど、これがおもしろいんだ。

推薦文だから、もちろん褒めているわけね。日本の兵隊の人柄や苦心をちゃんと書いたすばらしい作品だって。しかし、その一方、恐怖とか欲望とか、人間本能の抹梢をえぐることを眼目にしたり、せいぜいわずかの日数、名ばかりの従軍をしただけで戦争や軍隊を書いた小説もある、と。これ、明らかに石川達三の『生きてゐる兵隊』への当てつけですよ。やっぱりそれだけ、軍人らにとって、あの小説はショックだったんだな。

浅田　あのね、日本は実際に『生きてゐる兵隊』のときって、戦場体験から遠ざかっていたと思うんだよ。

吉岡　そう、長いことね。

浅田　軍隊って、おそらく大正時代だったら、常備軍でも二〇万人ちょっとぐらい、いまの自衛隊ぐらいしか人数がいなくて、たぶん、上海事変のあと、大動員されて、五〇万人、六〇万人と、ばっと膨れ上がったときだと思うんだよね。

五〇万人、六〇万人の人間が勤めている会社なんか、世の中にはないんで、どこで、誰が何をやっているかなんて、まったくわからないんだよ。戦場のありさまってそういうもので、もうそこにいる人間のみえている範囲しかわかってないんだろうと思う。

だから、石川達三がこれを書いたときに、軍のなかにはほんとうのことを書かれたと思った人は少ないと思うよ。だから、こんなことをでっち上げで書きやがってという怒りが、軍のほうでは、こもっていたような気がする。

吉岡　この高橋少佐の推薦文は、まさにそうだよ。本気で怒っている。

浅田　これは、だから、僕は、一面の真実ではあると思うよ。

むろんそれは、僕ら後世の人間がね、善悪というのを、簡単に処分、裁断してはいけないということなんだけどね。

僕もね、いや、自分の体験なんだけれども、例えば戦場というか、それに近い演習場にしょっちゅう出かけていった。富士の裾野で、何万人対何万人なんていう師団対抗の演習なんかやるときに、自分の座標がまずわからないんだよ。これは、富士の裾野のなかのどこの場所なのか。

吉岡　どこにいるのかがわからないの？

浅田　で、敵がどこにいて、なぜ俺たちはこっちに向かって歩いているのかって、何にもわからないわけ。わかっていることといったら、あ、目の前に戦車がきちゃったから、俺たち、終わりだねっていう、そのみえている範囲のことしか、まったくわからないんだよ。

吉岡　それでもさ、浅田さんの場合は、まだ富士山があるじゃない。富士山がこっちの方角にあるから、おれたちがいるのはこのあたりだな……。

浅田　ま、そうだな。知らない国、中国へ行ったら。

吉岡　あのでかい国土のコーリャン畑、まさに麦畑ばっかり延々と連なっているところに行ったら……。もうちょっと南に下ったら、綿畑か。そこに、それこそ万単位で行軍していたら、どこで、何があって、何が起きているか、全然わからないかもしれないね。

浅田 だから、こういうときに、権力の側っていうのは、例えば、ここでいう軍隊でも、警察でもそうなんだけれども、こういうものをでっち上げだと思わずに、謙虚に分析して、もう一回、調べてみるということは必要なんだよね。

吉岡 ほんとうはね。

浅田 やらなかったんだろうけど。

吉岡 そうだね。ただ、南京事件については、これは、相当ていねいに再調査したとしても、やっぱり、似たようなことになったと思うんだ。

堀田善衞が、これは戦後になってからだけど、『時間』（一九五三年）という小説を書いています。敗戦のとき上海にいた堀田にも、南京事件はトゲみたいに刺さっていたんでしょう。僕、本人から直接、聞いたことがあります。『時間』の語り手は中国人の知識人で、彼の目からみた南京事件の様相ですね。「殺、掠、姦」と言っていますが、これなんかを読むと、やっぱり日本軍は相当ひどいことをやっているなと。

だから、石川達三が『生きてゐる兵隊』を書いたとき、日本軍のもうちょっといい側面を書けたかというと、これは、かなり難しかったんじゃないかと思うのね。

浅田　そうだね。評論家の山本七平（一九二一～一九九一）が言っていたとおり、戦争というのは、集団ヒステリー状態だから、銃声を聞いたら、たぶん、冷静に物を考えられる人間なんかいないと思うんだよね。だから……。

吉岡　そういう意味だと、火野葦平の『麦と兵隊』というのは、実際、どうだったかわからないけど、あの作品には戦闘場面はほとんどないでしょう。あれ、徐州作戦？

浅田　そう、徐州作戦。

吉岡　書かれているのは応召した農民兵士のこととか、長ーい行軍のことなんかで、これも火野が見聞きした限りでは、ほんとうのことだったと思うのね。

浅田　僕はね、南京は、いろいろな悪い状況が重なったんだと思うよ。やっぱり、松井大将……。

吉岡　松井石根《いわね》。松井大将ね。南京事件の責任者ということで、戦後の極東国際軍事裁判（東京裁判）で絞首刑になった。

浅田　彼について調べてみると、とうてい悪い軍人だとは思えないし。

吉岡　日清・日露の戦争があり、その何倍もの規模で日中戦争が始まり、さらに何倍も大きい太平洋戦争に突き進んでいく……。この、わずか半世紀の間に、日本は一つの国民国家にまとまり、異国というか、異物としての隣国と戦争をする。そこに巻き込まれたとき、一人ひとりは兵隊なんだけど、彼らはどう振る舞うのか、日本人の一人として、人間の一人としてどうなんだ、ということを考えたと思うんですよ。僕は日本人がそういうことを考えないほど無感覚とは思わない。

すでに戦時国際法はあって、一般住民の殺害や虐待は禁止されていた。しかし、そのことは教えられもしなかったし、知っていた兵士はほとんどいなかったでしょうね。でも、そういうものがあろうがなかろうが、個々人には倫理性というものがあるだろう。やたら人を殺さない、やたら生き物を殺傷しないというのは、庶民感覚としてもあったじゃないですか。

だけど、戦争の相手は、やっぱり敵だからなあ。島国のなかで培ってきた倫理性がそのまま通じるものじゃない、ということかな。異国や異物と接したとき、どう振る舞うべきかという指針がないまま半世紀、後から後からやってくる戦争に追いまくられていたということかもしれないですね。

浅田　根本的には、中国人に対する蔑視って、やっぱりあったと思うんだよね。

吉岡　うん、ありましたね。

浅田　それは、もう日清戦争から続く。

吉岡　うん。

浅田　あのね、うちの祖父が酔っぱらうと、歌った歌があるんですけど。李鴻章のはげ頭、チャンチャンって歌うんだよ。それから、中国人のことをチャンコロって、平気で言っていたよね。

吉岡　えっ、冗談じゃなくって？

浅田　ああいう蔑視意識っていうのがあって、当時の兵隊にも蔑視意識は根強かったと思う。あの上海事変のときにね。あっという間に、向こうは逃げると思ったんだけれども、そうでもなくて、意外と手ごわくて、こっちも犠牲をたくさん強いられている。そのヒステリー状態のなかで南京に行ったと思うんだよ。

吉岡　そうね。

浅田　これは、中国の戦法なのかもしれないけれども、兵隊と住民の区別がつかないという問題も起きるし。いろいろな偶然が重なって、結局は虐殺ということに結びついたと思うんだけどね。おそらく、反対論者から言えば、それは虐殺というよりも、戦争の一環だろうという考え方をする人もいるんだろうけど……。でも、やっぱり、それは戦争の大きな悲劇であることは間違いない。

吉岡　うん、間違いない。

浅田　だから、謙虚に認めるべきことは必要だと思いますね。

あのね、いまふと思い出したのはね、僕は、戦争はしたことがないんだけれども、戦争をするための訓練はしてきた。あのときに感じたのはね、戦場って、音がなくなるんだよ。無音。銃声も砲声も何にも聞こえなくなるというのは、自分がライフルで実弾を撃つでしょう。そうすると、射撃訓練に行っても、実弾って、二〇発か、三〇発を撃てば、右の耳は一週間、聞こえないんだよ。完全に失聴するの。

だから、それが、地雷が爆発したり、砲弾が飛んできたり、機関銃をバリバリ撃ち込まれている戦場というのは、たぶん、左も右も、敵も味方も全員、無音になっていると思う。そのなかで、すごいヒステリー状態になるわけ。まわりは血だらけでさ。だから、これは、平和な時代に生まれ育った僕らが、どうこう議論をするというのは、かなり難しい話だと思う。

吉岡　そうですね。

第四章　日中戦争期の戦争と文学

〜金子光晴、林芙美子

日中戦争の大義

吉岡　僕は先の大戦が終わってから生まれた戦無派だけど、学生時代にベトナム反戦運動をやって、そのあと戦争が終わってから、ベトナムのソンミ村（一九六八／昭和四三年、南ベトナム・ソンミ村を米陸軍兵士が襲撃、村民五〇〇人余を虐殺した事件）とか、パレスチナとか現場に足を運びました。旧ユーゴの民族紛争、スーダンの内戦、9・11同時多発テロ直後のニューヨークなどもみてきたんです。

イスラエルやパレスチナが怖いのはね、あのあたりは周囲が岩なんですよ。建物も石でしょう。そうすると、僕ら、防弾チョッキを着て現地に行くんだけど、そのとき、気をつけなければいけないのは、前からくる弾じゃなくて、跳ね返ってくる弾。

浅田　ちょうだんと読む。漢字で書くと、跳ねる弾。

吉岡　跳弾っていうんですか。あっちへそれて飛んでいった弾が跳ね返ってくるんだ。あれに気をつけろって言われて。だけど、防弾チョッキって、ここがあいているんですよ、脇が。前と後ろは防弾するんだけど、あいているここから銃弾が飛び込んでくるから、おまえ、気をつけろって言われるんです。

浅田　よく行くね、そんなところ（苦笑）。

吉岡　先ほどの上海、南京、徐州の戦いは、最後は白兵戦ですよね。それだって、相当怖いですよ。よく戦場に行ったと思うね。

浅田　何で、あの戦争をやめられなかったんだろうなぁ。つくづく考える。日中戦争だけは、いくら考えても、ほんとうに謎の戦争だ。大義がないんだよ。だから、何のための戦争か、兵隊は考えていたと思うよ。何のために、この戦争をしているのかなぁということは。

安倍晋三首相が、この間の安保法制（安全保障関連法案）の論議で在留邦人の保護と言ったときに、どこかで聞いた言葉だなと思ったんだ。その昔は居留民保護って言った。

吉岡　そう、そう。

浅田　昔からね。上海事変の出兵だって、居留民保護って、最初に言った。あれは、理由として、言っちゃいけないと思う。もちろんわかるよ、でも、居留民保護というのは、きわめて容易に出兵の理由となる。

吉岡　それですぐ頭に浮かぶんだけどね。清沢洌《きよさわきよし》（一八九〇～一九四五。ロンドンの国際ペンの常任理事会に日本代表として出席。戦時下に書いた『暗黒日記』が戦後刊行された）という評論家がいたじゃないですか。まだちょっとだけ言論の自由があった時代に、島崎藤村などと一緒に日本ペン倶楽部をつくる（一九三五年）少し前、その居留民保護についてこんなことを言っています。

つまり、居留民保護を名目に軍隊を出すときの「ソロバン勘定」をしてみろって。確かに居留民は中国各地にいた。だけど、それを助けるといって、万の単位の兵隊を送り出すのにいくらかかるんだ、と。軍隊を動かすときの費用は半端じゃないから、財政は逼迫《ひっぱく》する、出兵した兵士の何人かは確実に死ぬだろう。

その上に清沢は、当時の居留民が持っていた財産が、総額いくらになるかの細かい計算もするんだよ。それが救えたからといって、差し引きいくらになるんだ。出兵する費用のほうがはるかに大きいだろうって。ちなみに、彼の計算によれば、第二次山東出兵（一九二八／昭和三年）では、日本人居留民二〇〇〇人の財産総額は五七万円。出兵に要した費用は三七〇〇万円だったそうです。

それだけじゃない、と。日本が出兵したら、欧米諸国は日本製品のボイコットをするだろう。それによって失われる輸出額がいくらいくらだ、と。もっと重要なことに、これまで日本と親しくしてきた中国人、さらに諸外国の日本の友人たちの信頼も失って、ますますわれわれは国際的に孤立するんだ、と。

それでも出兵することがソロバンに合うのか、国策として正しいのか、よく考えるべきだ、というのが彼の主張ね。愛国心はソロバンに合わない、というのが清沢の結論です。そんなことをしないで、いまのうちに居留民を引き揚げさせろ、という趣旨でもあったんだけど、当時の政府は、政府要人も軍部も気合いをかけ合って出兵しよう、中国に攻め入ろうとしていたときだから、こういう議論をされるのが一番苦手なわけ。だから、彼は執筆禁止に追い込まれていくのだけれど。

居留民保護と言ったら、国民みんなが納得するように思うけど、実はそんなことはなくって……。

浅田　甘い言葉なんだよ。とっても、とっても甘い言葉なんだ。

吉岡　とっても甘くて、最大の失敗の言葉でもあるんだよね。

浅田　結果的には、その理由が、あんな戦争になってしまった。最終的にはね。

吉岡　もともとソ連や共産主義に対する警戒心はあった。でもそれは、日中戦争の大義にはならないでしょう。さっきわからないと言ったのはそこ。だから、中国の奥へ奥へと戦線を広げていくことの意味、上海から西に行く意味が何なのということ。

浅田　結局、満州は対ソ防衛という意味が一番強かったんだと思う。次に、中国との間に軍事緩衝地帯をつくろうとしたんだと思うな。何応欽《かおうきん》（中華民国の軍人）と梅津美治郎中将の会談か、あの協定で、一応、小康状態にはなり、日本と中国の蜜月時代がしばらくやってきた。けれども、それも、結局、盧溝橋《ろこうきょう》（一九三七年七月七日、中国・北京郊外の盧溝橋付近で日中両軍が起こした軍事的衝突）の一発で破壊されてしまうわけね。

つまり最初の防衛線、次にその防衛線を、また次の防衛線へと北京まで進駐する。全部、その結果なんだよね、日中戦争は。

吉岡　盧溝橋のときにすぐに北京、半年後には南京を占領したじゃないですか。

浅田　そう。ほんとうになし崩し的にやっていく。

暴支膺懲《ぼうしようちょう》と小林秀雄

吉岡　南京事件の前に上海を占領しますよね。あのとき、世論はどうだったんだろう。日本の国内の世論。

浅田　僕はね、当時の日本の世論は、わけがわからなかったと思うよ。だって、スローガンが、暴支膺懲（一九三七／昭和一二年、日中戦争当時のスローガン）だよ。

吉岡　そうか、暴支膺懲。

浅田　暴支膺懲って、何だよ。それを言ったら、もう完全に最初から差別ありきじゃないか。暴虐なる支那人《しなじん》（当時、中国人をこう表記した）を懲らしめるんだよ。

吉岡　懲らしめる、か。

浅田　懲らしめるって、何だよと言ったら、自分のほうが偉いわけだから、懲らしめるわけだよ。上から目線。そういうスローガンを、抽象的なスローガンを持ってこなければならないほど、正当な理由がなかったということなんだ。

もちろん、中国自体は、軍閥割拠で戦国時代だよ。どうしようもないんだけれども、だからといって、日本が中国をとるのにいまがチャンスだというのは違うと思うよ。

吉岡　そうですよね。

浅田　いまがチャンスだ、みたいなことを言う右翼が、当時いたんだよ。そのころ、こんな極端な意見もあったと思う。

「中国というのは、常に漢民族が支配していた国ではない。ここ一〇〇〇年ぐらいを大局的にみても、一〇〇〇年の六代の王朝のなかで漢民族の王朝は二つしかない。明と宋しかないんだ。あとは、すべて侵略されているんだよ。これが日本であっても不思議ではないだろう」と、考えたやつもいると思うよ。

これ、とっても危険な考え方です。日本が中国の支配者になるっていうのは。でも、当時いたんだよ。そういう極端な国家主義者が。

吉岡　でも、そのときに、浅田さんが編集を担当したこの『コレクション　戦争×文学』のシリーズのなかに、小林秀雄が盧溝橋事件が起きたあとに書いたものがあるじゃない？

「戦争について」というエッセイ。

浅田　どんなのだっけ。

吉岡　「日本に生まれた以上、この戦争は試煉だ、運命として引き受けよう」という趣旨のエッセイ。

浅田　それ、確かに編集の段階で議論があった。

吉岡　うーん、これは厄介ですよ。暴支膺懲っていう大陸浪人風の言辞とは違って、もっと情緒的というか、日本の歴史を全部ひっくるめて、心情的に包み込んでしまうようなところがあるでしょう。乱暴なところは全然なくて、何か花鳥風月を愛《め》でるような運命論ですよ。啖呵《たんか》を切るような歯切れのよさもあってね。この小林秀雄の論は、インテリには相当受けたと思う。

実際、戦没学生の手記を集めた『きけ　わだつみのこえ』（一九四九年）には、これと同じトーンの文章があふれかえっているじゃないですか。彼らの悲痛な心情は理解するし、無念さも痛いほどわかりますが、ぎりぎりのところで僕は、運命論にいっちゃいけないんだ、と思うのね。

ほんと、これ、危ういなあ。もう始まってしまった戦争なんだ、とやかく言ってもしょうがない、「これは運命だ」と。「われわれは国民として、この運命を引き受けて生きよう」って。こういうニュアンスのものを読むと、いつも僕は違和感を感じるんですね。

僕は、国家と自分を一体化しない、政府と自分とは意見が違っていいし、権力や国家から自分をどう切り離すかということは、近代人としての最低限の倫理だと思うんだけれど、これを運命という一語でくっつけ、二つを一つにされてしまうと、それは違うでしょう、と言いたくなる。

あれだけのインテリの小林秀雄がいきなり論理をなくして、こういうことを言い始めているのをみて、ちょっと愕然《がくぜん》としたな。

金子光晴『おっとせい』

吉岡　この日本運命論に対抗するのは誰か。若いころはね、戦争の問題を一生懸命考えようと思って、いろいろな人のこの時期の作品を読んだんです。

一番ぴたっときたのは、金子光晴（一八九五〜一九七五。詩人）でしたね。金子光晴は、あの時代、この同じ進行形の歴史のなかで、『落下傘』や『鮫《さめ》』という詩を書いた。『おっとせい』もすごいです。

「おいらも息の臭《くせ》えおっとせいだけど、でも、そっぽを向いているおっとせいだよ」というような言い方で、日本と自分とを切り離していくじゃないですか。彼は、戦争、戦争で盛り上がっていく日本を妻の森三千代（一九〇一〜一九七七。詩人）と旅立って、上海からマレー半島、ジャワへと貧乏旅行していく。

これ、ここだなと思って、僕は彼の詩集と旅行記の『マレー蘭印紀行』（一九四〇年）を抱えて、マレーシアからシンガポール、インドネシアまで、二ヵ月くらいかけて旅行したことがあるんです。あの、地面にだらーっと張りついたような東南アジアを這《は》いずっていたら、そりゃあ皇国だ、運命だ、と求心的に観念的になっていく日本には居づらいだろうな、と思いましたよ。だけど、そういう文学者はきわめて珍しかった。

だから、あんまり火野葦平を悪く言いたくないんだけれども、僕はね、『糞尿譚』はおもしろいと思うし、それから、彼の戦後の苦悩も大変なものだったろうなと思う。林芙美子も一生懸命やったと思うんだけど、でも、いつも運命論で足をすくわれていくのが、日本文学なのかなという気がするんですよね。

浅田　ただ自分がその時代に生きていたらさ……。

吉岡　そう。そこの問題なんですよ。

浅田　それだけ常識的な自分だけの考えでできるとも、やっぱり思えない。そんなに立派な意志は持てないと思う。

従軍作家への誘い

浅田　版元さんから、従軍記者として上海へ行かないかって言われたら、やっぱり行くんじゃないかな。時局に迎合したような原稿を自分でも書くんじゃないかなというふうにね。文筆家である以前に、これで食っているわけだから。

吉岡　物書きとしては、現場をみたいじゃないですか。ましてそれがめったに行けない戦場ときては。

浅田　ま、それもある。

吉岡　いいか悪いかは別として、いま起きていることを現場でみたいという感じはありますよね。

浅田　いま従軍記者の小説を書いているんだけどね。当時を調べると、どうも機密費が出たらしいんだよ。最近の調査によると、当時の金で一律七〇〇円。

吉岡　記者にですか。
浅田　うん。作家に。
吉岡　要するに、ペン部隊に行ったような人たちにね。
浅田　そう。従軍ペン部隊。これね、従軍する期間はだいたい三〇日間か四〇日間。
吉岡　そうですね。
浅田　長くて二ヵ月。しかも、新聞社とか出版社の特派員という資格なので、給料もらえる。原則として、新聞社や出版社の規定の給料をもらえる。所属は明らかになる。集英社からの給料をもらえる。
吉岡　それは、原稿料としてじゃなかったの？　給料？
浅田　給料。で、給料をもらった上に、プラス原稿料をもらえる。しかも、政府の機密費から、一人頭、一律七〇〇円。昭和一三年。現代の物価や収入に照らしていくらぐらいかというとね、高等文官試験を通った役人とか、大手企業の初任給がだいたい七〇円。だから、その一〇倍でしょ。かなり巨額ですよ。
吉岡　年収分に近い。数百万円、もっとか。

浅田　だから、これはおいしいんだよ。

吉岡　相当においしいですね。

浅田　いや、いや、一時金を七〇〇円、いまの金額で数百万をもらった上に、出版社から給料をもらって……。

吉岡　さらに原稿料をもらって。

浅田　原稿料ももらうんだよ（苦笑）。

作家が従軍するもう一つの理由

浅田　で、じゃあ、貧乏なやつだけ好んで行くかというと、やっぱり軍部は作家の名前が欲しいでしょう。

吉岡　送るほうとしてはね。

浅田　名前のあるやつがなぜ行くかといったら、その間、連載休止になると思うんだよ。僕だったら理由はそれだよ。七〇〇円じゃなくて。

いま、新聞連載を含めて五本。月に二〇〇枚以上。こういう地獄の状態のときにだね、この話、菊池寛から行かないかと話がくるんだよ（笑）。
吉岡　それは、いいね（笑）。
浅田　浅田さん、いまの「オール讀物」も、「週刊文春」も、そりゃあ、連載中断でいいよとか。しかも、金をもらって。ほかの版元さんだって同じ。国策で行くんだから連載休止。
吉岡　国策だからね。
浅田　これは、一部の作家の従軍理由は、それだと思う。仕事しなくていい（苦笑）。
吉岡　なるほど。リアリティーがあるな（笑）。
浅田　原則として、小説家というのは、これは、吉岡さんをみていてわかるんだけれども、ノンフィクション系の作家というのは、根が働き者。でもね、フィクション系の作家というのは根が遊び好き。根がずぼら、できれば、働きたくない（苦笑）。いわゆる小説家たちが小説家になった最大の動機、みんな、いろいろなこと、きれいごとを言うけれども、最大の動機は、会社に行きたくない。
吉岡　それは、おれも一緒だよ（笑）。

浅田　だからさ、小説家になって、原稿を全然書かないやつもいるわけだよ。どう考えたって、一年に一冊のペースで単行本を出すとしても、小説家は暇で暇で、しようがない。一日一枚書いて、それで、一冊になるんだからね。

吉岡　そうだね。

浅田　でしょう。そんな仕事がほかにあるわけないじゃない。ということは、小説家は、全部ずぼらでね、だから、売れる前に七〇〇円欲しいっていうやつか、もうともかく働きたくないから上海でも行ってね、うまいもの食って兵隊のエッセイでも書いてというぐらいで、金をもらえるのか、よし、それで行こうっていう、これは、どっちかだと思う。いま、そのことを小説に書いています。

林芙美子と火野葦平

吉岡　林芙美子も、そうだったんですかね。林芙美子は南京攻略（一九三七／昭和一二年）のとき、毎日新聞の特派記者として従軍し、翌年は内閣情報部のペン部隊に加わり、朝日新聞の特派記者となって漢江攻略戦に一番乗りをしますね。たくさんの従軍記事を書きますが、それをもとに書き下ろしたのが『戦線』（一九三八年）。あのとき、朝日新聞社は彼女に腕っこきの記者たちをつけ、航空機や宿の手配など、相当な便宜も図っています。

浅田　はい、はい。

吉岡　次の『北岸部隊』（一九三九年）なんかでは、一日、重たい荷物を背負って歩きづめに歩いて、どうのこうのという話があるんだけど、ほとんどはトラックで移動しているよね。

　でも、そういうことは書いてなくて、もう死体が転がるところに、私も一緒に寝るんだみたいなことが書いてあるけど、彼女自身はそんな強行軍だったはずはないね……。いや、もちろん、あるときは歩いたんですよ。銃声に怯えたこともあったでしょうし、死体もみたでしょう。だけどね、戦場であっても、けっこういい旅しているよ。

浅田　林芙美子は苦労人だからね、この条件だったら、絶対行く（笑）。

吉岡　ま、もともと行商人の娘だから、歩くことは別にいいと思うんだけど、でも、ちゃんと風呂にも入っているし、いい部屋にも泊まっている。とはいえ、一生懸命書いてはいますけどね。

でも、やっぱり林芙美子は、この『戦線』や『北岸部隊』よりも、戦後だよね。戦後の骨つぼの話があるじゃないですか、『骨』（一九四九年）とか、戦後庶民ものはいくつかありますけど、家族を亡くして塗炭の苦しみに沈んだ人たちを書いた小説はうまい。小説としてうまい、というだけじゃなくって、これこそ自分が書くべきものだ、という覚悟が伝わってくるものね。

浅田 だからね、やっぱり、火野葦平はスケープゴートで、かわいそうだよ。一人だけ、判でついたように見せ物にされたから（戦前『麦と兵隊』で人気作家となった火野葦平は、戦後「戦犯作家」として公職追放処分を受ける）。

これだけ従軍記者を戦場にたくさん駆り出すと、スケープゴートに芥川賞作家火野葦平が必要だったんだと、思うよ。

もう文学も戦争と一体化しているんだよっていう錯覚、幻想を起こさせるためにはね。それを、戦後自覚したのは、彼だけだと思うけど、かわいそうだったと思うよ。

吉岡 そうね。何かで浅田さんが書いていたけど、詩人の高村光太郎（一八八三〜一九五六）のこと……。

浅田　あれ、ペンクラブの電子文藝館で、高村光太郎の戦争を賛美するような詩を掲載すべきかどうかという議論になったんだよ。

吉岡　僕、その議論のとき、いたかなあ。

浅田　それね、もう賛否両論だったの。結局、これは、作家のイメージに傷をつけるものであるし、本人だって、戦後は後悔しているんだから、こういうものを載せるのはいかがなものかという意見があったんだよ。でも、僕は、もう真っ向から反対した。それだって、作家の足跡なんだから。

吉岡　「記憶せよ、十二月八日。この日世界の歴史あらたまる」っていう激烈な詩。あれ、真珠湾攻撃当日の「読売新聞」夕刊に載った詩ですよね。電子文藝館にもちゃんと掲載されてます。『暗愚小伝』の『真珠湾の日』も載っていますね。あの詩の中身はどうかと思うけど、高村光太郎は自分の恥を隠さなかったですね。戦後も本に再録なんかしている。僕はむしろこの生き方に、彼の凄みを感じるなあ。

日米開戦と高村光太郎

吉岡　ちょっと話がもどるようなんだけど、さっき、日中戦争の目的が何だったかよくわからないっていう話があったじゃない。確かにあれ、盧溝橋事件（一九三七年）から日米開戦（一九四一年）までの間って、日常感覚としてはうっとうしい日々ですよね。
　何のためにこの戦争をやっているんだって、よくわからないし、戦線は膠着《こうちゃく》してしまうし、頭におもしが乗っかったみたいな状況が、ずっとつづきますよね。だから、真珠湾を攻撃して、ついに火蓋が切られたとき、やっぱり解放感があったんじゃない？

浅田　そう、そう。そうだと思う。

吉岡　やっと、やっていることの意味がわかった……。

浅田　空が開いた感じ。

吉岡　空が開いたように、目的をみつけたぞ、みたいなね、そういう話になったと思うんです。そのときの高揚感が、この詩なんですね。

浅田　たぶん、そう。それは、僕は、国民全体の偽らざる気持ちだったと思うよ。

吉岡　だから、相当広範囲の人たちが高村光太郎と共通した気持ちを持って、あの詩を読んだはずです。たんに無謀な戦争をやっているんじゃない、欧米によって簒奪《さんだつ》された東亜を義によって解放する、そのための戦いなんだ、と。

浅田　しかも緒戦の真珠湾攻撃という、すごくわかりやすい戦果があったから、あれで、おそらく、もうみんな、ほっとした。

吉岡　そう、そう。戦争の目的がね。

浅田　やっとわかりやすくなったみたいな感じがあったんじゃないかな。

吉岡　それまで、大東亜共栄圏（大日本帝国が唱えた日本の対アジア政治政策構想）とか、何とか言っていたけど、その意味がわからなかったと思うんですよ。だいたい当の中国では抵抗運動が広がって、共栄どころじゃないし。でも、あ、そうか、対英米、対植民地主義なんだとなったとたん、歴史がいっぺんに開けて、戦争の意味がわかったと思うんですね。そのときの気分っていうのは、わからないじゃないなという気はするね。

浅田　間違いないと思うよ。いろいろな想像をしてみるけど、シマッタと思った人より、よくぞやったと思った人のほうが多かったのは、そういうことだと思う。

吉岡　ところが、もう一つ言うと、思想弾圧の状況は別として、日中戦争の時代は、むしろ文学を生むじゃないですか。火野葦平も、林芙美子も、金子光晴も含めて、そうなんだけど、でも、パールハーバー以降、文学を生まないですよね。

浅田　そうだね。もう、そういう悠長な時代じゃなくなっちゃったんだよな。もう、そんな余裕なくなっちゃった。何で、こんなことになっちゃったんだろうっていうことだと思うよ。

吉岡　もちろん太宰治（一九〇九～一九四八）はいますよ。故郷・津軽を訪ね歩いた『津軽』（一九四四年）は紀行風小説の傑作だし、空襲の下を逃げまどいながら書いた『お伽《とぎ》草紙』（一九四五年）もあります。太平洋戦争中に浮足立たずに傑作を書いたのは彼くらいでしょう。しかし、どちらも徹底して戦争に背を向けて、我関せずの姿勢を崩さない。あのひねくれ方もただごとじゃないなあ。

浅田　いや、あった。

　このときは、ペン部隊ってなかったの？

吉岡　日米戦争のころ。

浅田　南方なんかに行っているから。フィリピンやシンガポールに行ったりしているから。

吉岡　執行猶予が切れるか切れないかだった石川達三も、今度はちゃんとお墨付きで行ってますよね。

浅田　だから、開戦以降もあったはず。丹羽文雄（一九〇四〜二〇〇五）さんとか従軍記者として軍艦に乗り組んでいる。

吉岡　従軍記者で、海軍の従軍班員として巡洋艦に乗船してますね。

浅田　うん。

吉岡　ただ、火野葦平以降、従軍作家たちはあんまり華々しい活躍してないよね。

浅田　スペースがないいんじゃないか。そりゃ記事が多いわな。戦果とか。戦場雑感みたいなコラムとか。作家の冗長な文章を掲載する余裕がないいんじゃないの？

吉岡　一九四五（昭和二〇）年の八月まで、ペン部隊は存在したの？

浅田　たぶん、戦地で終戦を迎えた作家がいると思う。すでに大政翼賛会が一九四〇（昭和一五）年に発足をしていて、日本文学報国会は事実上、大政翼賛会の一部になっちゃった。会員であることが文学者の資格のように思われてしまった。そのころはもう、紙もないしね。

吉岡　そうか、紙がないんだ。岩波書店の雑誌「思想」のバックナンバーなんかもすごく薄くなっている。一九四三年とか四四年のときって、もうね、中編二つぐらいしか収録してない。西田幾多郎（一八七〇～一九四五）とか、あまりたいした論文は載っていないですね。基本的に紙が配給になって、だから、自分で自由に紙を買って、出版するということもできないしね。

浅田　統制経済になって、出版社が自由に出版物を出すということは、もう無理という状態になってしまった。

終末思想

浅田　これは、どうして日中戦争が始まったかと密接に関連するんだけれど、張作霖《ちょうさくりん》爆殺（一九二八年、中国東北部の奉天《ほうてん》郊外で、日本軍が現地の軍閥指導者・張作霖を爆殺した事件）とか、満州事変（一九三一年、奉天郊外の柳条湖で、日本軍が南満州鉄道の線路を爆破した事件をきっかけに、日本軍が満州〈中国東北部〉を占領）とかにさかのぼるんだけど。

あの戦争が始まった動機っていうのは、曖昧だと思うんだよ。僕はね、終末思想みたいなものが、当時はびこっていたんだと思う。

これは、宗教にかかわることだから、その後は誰も言わないし、書きもしないけどね。僕はね、日蓮宗系の終末思想があったんだと思う。たとえば石原莞爾《かんじ》（一八八九～一九四九。陸軍中将。関東軍参謀として柳条湖事件をきっかけに満州事変を起こす）の『世界最終戦論』（一九四〇年）というのは、あれは明らかに終末思想が根底にある。彼は熱心な日蓮信者ですから……。

吉岡　そうでしたね。

浅田　明らかに、最終的な戦争をして、世界は滅びるんだっていう終末論から……。

吉岡　逆算して。

浅田　そのころ、陸軍に日蓮信者がものすごく多かったのは、確かだし……。関東軍の集合写真の後ろに、南無妙法蓮華経《なむみょうほうれんげきょう》というお題目が下がっているんだよ。その写真はオールスターキャストの有名な写真だから、たぶん、みんな、気がつかないでもみたことはあると思う。

あれはね、論じられていない、危険な、アンタッチャブルの戦争の原因だと僕は思っている。

そもそも、あのとき関東軍の行動って異常だよ。まったく常識にかからない。国策ではなく、突出的なテロだからね。しかも一部の軍人たちのテロだから、宗教絡みだとしてもふしぎはない。

吉岡 関東軍の上層部には、日蓮宗がけっこうはびこっていたんですか。北一輝《いっき》（一八八三〜一九三七。思想家）は佐渡出身で、日蓮宗です。

浅田 ものすごかったと思うよ。あれ、何だっけ。国柱会《こくちゅうかい》（日蓮宗系の在家仏教の団体）か。

吉岡 国柱会です。

浅田 だから、そこはね、新憲法になってから、解明されなくなっちゃったんだよ。

吉岡 宮沢賢治（一八九六〜一九三三）も国柱会だから。それから、石原莞爾もそうだし。

浅田 板垣征四郎（一八八五〜一九四八。関東軍参謀）も当然そう。これは、怖い。

吉岡 あの末法思想ですよね。

浅田　末法思想。軍人がその末法思想っていうことを考えたときに、何なんだっていったら、これは、世界最終戦だろうなと思うのは、自然だよ。

吉岡　うん、そうですね。

浅田　戦後だったら、核兵器の射ち合いだと思うんだろうけど、当時、核の発想はないから、当然、これは、有色人種と白色人種だとか、日本とアメリカの決戦だとか、何かそんなふうに考えたんじゃないかと思う。そのためには、日本も、中国も連合して、国力をつけなければならない。

だから、中国を侵略しなければ、日本も滅びるぞという考え方が、最初にあったみたいな気がするんだよ。

吉岡　たぶん、アジア主義全般には、それはないと思うんだけど、軍の武力を持った中枢部に、あるいは、農本主義のなかにもあったのかな。満蒙開拓移民事業を推進した農本主義者の加藤完治（一八八四〜一九六七）の書いたものを読むと、若いころに病気したとき、何か輝くようなものに打たれて生き返ったとか、ある種の神秘主義がある。これって、一歩間違うと、終末論になだれ込んでいくでしょ。

浅田　絡みついているところにね、アジア主義のなかに。アジア主義には植民地解放運動という大義名分がある、だから、世界最終戦論まで引き出さなくてもいいわけだ。

吉岡　一般的なアジア主義はね。

浅田　うん、アジア主義はね。ただ、日本が中国をとるということになったら、理屈としては、それじゃ、済まないよね。末法思想を加えて、そういうようなことを考えたんじゃないかと、僕は勝手に考えているんだけどね。

吉岡　終末観って、京都学派なんかにも、ちょっとありますね。西洋文化と東洋文化を止揚する、その思想戦の最終決着の時期がきたんだみたいな。さっき話題になった高村光太郎も「競合米英一族の力、我らの国に於いて否定さる」と書いてましたね。勝つか負けるかわからないが、命を懸けなきゃという延長線上には、間違いなく終末論がある。京都学派の世界史の哲学なんかを読んで、特攻していった若者もいた。

浅田　宗教の悪い手段なんだけれども、オウム真理教だってそうなんだけど、結局、ハルマゲドンとか何とか、世界が終わるっていうのが一番信者を集めるんだよ。
それは、日蓮の時代から、使い古された手なんだけど、オウムはまだやっていたわけだ。

だから、政権の行方、私は、気になっているんです。昭和史をひもといた上で、大丈夫かとね。

吉岡　そうか、戦争と宗教ね。宗教的信念、それも終末論をはらんだ信念というのは、厄介ですねえ。猪突猛進するし、宗教の威力を知っているだけに、他の宗教に対してはものすごく非寛容になるでしょ。

　実際、創価学会の創始者たちは、治安維持法の対象になったりもしていますね（一九四三年、戸田城聖《じょうせい》ら幹部は検挙）。大本教《おおもときょう》（神道系集団）もキリスト教も狙われた。キリスト教はだいたい戦争協力にまわりますが、その前段では百何十人も捕まって、拷問死した牧師もいましたね。

　しかし、浅田さんが言ったように、最後は世界がどうなったって知ったことか、という終末論的な宗教意識が戦争を駆動したということは……。

浅田　あったんじゃないか。もちろん、いつの時代でも信仰の自由は保証されなければならないんだけど。

総力戦の時代

吉岡　第一次世界大戦から、戦争は総力戦になった。武力だけでなく、社会の生産力やインフラストラクチャーから教育や道徳まで、すべてを動員して戦うという戦争ですね。

それによって文学も大きく変わって、戦争小説からヒーローがいなくなった。総力戦はまさに総力戦であって、ヒーローがいないから。そこから、アメリカではアーネスト・ヘミングウェイ（一八九九〜一九六一）の『武器よさらば』（一九二九年）、ドイツではエーリヒ・マリア・レマルク（一八九八〜一九七〇）の『西部戦線異状なし』（一九二九年）が生まれ、「失われた世代」なんていう言葉も流行《はや》ったりした。

これは、戦士や英雄が戦って、庶民は普段どおりの暮らしをして、戦《いくさ》を眺めていただけのホメーロスの『イーリアス』とも、日本の『古事記』や『平家物語』ともまったく違う戦争ですね。何が一番大きく変わったかというと、端的に言って、人口でしょう。僕は「量としての人間」って呼んでいるんだけど、ひたすら人口だけが増えた。

そうなると、どれだけ多くの人間の合意を取り付け、動員できるかの勝負になる。だけど、政府であれ、軍部であれ、しょせんはわれわれと同じ俗物がやっていることだから、そんなにうまくいくはずがない。ごまかしもするし、うそもつくでしょう。口では、人間の命が大事だ、と言いながら、内心は、兵隊なんか消耗品だ、とも思っている。

要するに、大衆蔑視ですよ。大衆を甘言で動員しながら、大衆を蔑視する。

そこに、いま浅田さんが言った終末思想、末法思想が入ってくる。権力にとって、これは魅力的な思想でしょうね、恐ろしいくらいに。

総力戦を仕掛けて負けたら、確実にそのリーダーは戦争犯罪を問われ、処刑されるでしょう。途中で戦死するかもしれない。生きて、捕まりたくなかったら、自殺するしかないですね。いずれにしても自分は滅びるかもしれない、という権力者の不安、あるいは覚悟みたいなものをなだめるものって、ないですよ。どうせだったら、死なばもろとも、みんな滅ぼしてしまえ、という心情に駆られても不思議ではない。

そこに、宗教というものが、どう絡んでくるのか。権力者が頼る宗教は、一方では救済を説き、もう一方では、大衆蔑視の表現になったりもする。その二面性は、絶対あると思うんです。

浅田　宗教はね、自由じゃなきゃいけないんだよ。昭和の初めに、弾圧したということ自体がそもそも間違いで、絶対自由であって、その自由が教えのなかで、みんながそれを信じたり、批判したりするということが、正しい宗教の形であって。

吉岡　それは表現の自由も同じですよね。

浅田　だから、そこは同じなの。宗教の自由が欠けていたと思うんだよ。僕は信仰の不自由が、あの戦争と関係があるような気がして、しようがないんだ。

第五章　ペンクラブの時代

～島崎藤村、井上ひさし

ペン倶楽部誕生

吉岡　現在の日本ペンクラブの源流は、一九三五（昭和一〇）年一一月、島崎藤村（一八七二〜一九四三）を会長に設立された日本ペン倶楽部です。クラブは漢字の「倶楽部」ですね。

これまで浅田さんとたどってきた歴史でいうと、明治維新から四〇年足らずの間に日清・日露と二つの対外戦争をやって、よくも悪くも「日本国民」が形成され、一時は大正リベラリズムで世の中も文学も沸き立つんだけれど、世界恐慌のあおりを受けた昭和初期の大不況でぺちゃんこになる。そこで目をつけたのが中国東北の広大な沃野で、満州事変（一九三一年）を起こし、翌年には満州国を成立させて、そこをいわばもう一つの日本にしてしまう。

しかし、国内の窮乏はなかなか改善しない、政党政治も腐敗やら何やらで停滞するなか、血気にはやる若手軍人らが五・一五事件（一九三二年）や二・二六事件（一九三六年）を起こし、それぞれは処分されても、結果として軍部が政党政治に取って代わり、世の中全体が軍国主義化、ファシズム化していきます。

他方で、欧米諸国は満州を支配下に置いた日本に対し、厳しい目を向ける。といっても、それは必ずしも人道的な意味ではなくて、満州、ひいては中国全体の市場を日本に独占されてしまうのではないか、という危機感ですね。彼らにも帝国主義的、植民地主義的野心が強烈にありましたから。

このころは、第一次世界大戦後にできた国際連盟がありましたが、結局、日本はその国際的非難に対し、「国際連盟よ、さらば」と言って脱退してしまう。これが一九三三（昭和八）年です。

そして、日本はひたすらうちに閉じこもり、国内の言論を統制しつつ、やがて盧溝橋事件、上海事変、南京事件（いずれも一九三七年）と、泥沼の日中戦争へと突き進んでいき、ついに一九四一（昭和一六）年一二月八日の真珠湾攻撃に至ります。四年半後に壊滅的敗戦です。

日本ペン倶楽部はこの流れでいうと、直接的には国際連盟脱退と、その後の国際的孤立という情勢を受けて設立された、ということだと思います。

浅田　孤立していた状況のなかですよね。で、日本共産党幹部の転向声明などもありました。

吉岡　日本ペンクラブは、ペン倶楽部だったときからロンドンに本部を置く国際ペン（International P・E・N）の日本センター、いわば支部ですけど、国際ペンができたのは第一次大戦後の一九二一（大正一〇）年。

敵味方で戦ったヨーロッパの小説家や詩人たちが一堂に会したとき、何だ、どっちの国、どっちの陣営でも、いざ戦争となったら自由にものが言えない、書けない状況だったのか、その結果が、この無残な荒廃か、と気がついたところから始まります。そして、「戦争のとき、まず犠牲になるのは真実だ。とにかく言論・表現の自由を守ろう」といって始まった。

ここから先は、『日本ペンクラブ五十年史』からの受け売りです。

それから一四年後、江戸の徳川家末裔《まつえい》で、のちに最後の貴族院議長になる徳川家正がトルコ大使として赴任する途中、国際ペンに招かれ、ロンドンで講演をしたんです。そのとき国際ペンから、「日本にも支部をつくれないか」と言われた。

その場に居合わせたのが、駐英大使館の宮崎勝太郎書記官で、この人、それから数年後、ルーマニア大使に昇進するはずだったのに、日本が三国同盟でイタリアと一緒に手を組もうとしていたナチスドイツのヒトラーを批判して、さっさと隠居してしまった。その彼が、外務省の文化事業部の柳澤健課長に連絡して、ロンドンからの提案を伝えるんですね。

浅田　宮崎は外交官？

吉岡　ですね。この直後にトルコ大使館参事官になります。

それを受けた柳澤は、学生時代に島崎藤村に師事し、詩集なんかも出していた文人官僚で、ヨーロッパに駐在した経験もあって、とにかく日本の孤立を何とかしなければと思っていた。彼は、戦後、国際交流基金に衣替えする国際文化振興会を訪ねて相談し、いろんな作家、詩人、評論家、外国文学研究者などに目星をつけ、準備会を立ち上げる。ロンドンから連絡をもらって、三ヵ月後です。

そこで集まったのが、岡本かの子（一八八九～一九三九）、清沢洌、堀口大學（一八九二～一九八一）など、欧米体験があったり、外国文学の専門家だったりの開明派ですね。与謝野晶子（一八七八～一九四二）、長谷川如是閑《によぜかん》（一八七五～一九六九）などのリベラリストもいましたね。会合を重ねるうち、有島生馬《いくま》（一八八二～一九七四）、芹沢光治良《せりざわこうじろう》（一八九七～

一九九三)、阿部知二(一九〇三～一九七三)、米川正夫(一八九一～一九六五)、賀川豊彦(一八八八～一九六〇)、鶴見祐輔(一八八五～一九七三)、勝本清一郎(一八九九～一九六七)なども加わって、設立にこぎつけます。

それで、会長をどうするかとなったとき、最初から柳澤の頭には、若いころに世話になった島崎藤村があったのかもしれない。このとき藤村は六三歳、フランスに三年間いたこともあったし、何より生涯の大作『夜明け前』を書き上げたばかりだった。事前の準備会などには顔は出さなかったけれど、いつも案内状が送られていたから、事情はわかっていたでしょうね。あまり逡《しゅん》巡《じゅん》もしないで、引き受けました。

副会長は有島生馬と堀口大學です。

柳澤健のメモワールには、一番心を砕いたのは、その前年にできていた文藝懇話会(内務省警保局長の松本学が作家・直木三十五〈一八九一～一九三四〉らと組織した官民合同の文学団体)みたいな統制色の強い団体にならないように、ということだったとあります。

浅田　文藝家協会の前身?

吉岡　いや、文藝家協会は大正時代の終わりに小説家と脚本家の組織が合同してつくった職能団体だから、ちょっと違うでしょう。文藝懇話会のほうは内務省警保局が管轄していて、官民合同で日本主義的文芸を高揚させようとして始まった。文学賞も設けたようです。でも、やっぱり陸軍や政府の意向が働く仕組みだから、青野季吉《すえきち》（一八九〇〜一九六一、プロレタリア作家）がその文学賞選考で最高得点を得たのに外したりとか、統制色が強くなる。そんなごたごたもあって、数年で解散し、そこに集まった作家たちも日本文学報国会に吸収されていきます。

ただ、それとは違うといっても、日本ペン倶楽部もその時代につくられたわけだから、規約の一つに、「政治的活動を除く一切の方面に活動を広げていく」という一文を入れています。つまり、政治の方面には口は出しません、ということね。

浅田　声明文を出すというのは、政治的活動に入るんじゃないの。

吉岡　このごろの日本ペンクラブは声明をよく出すけど、当時はやっていませんね。時代風潮に相当気を配っています。

浅田　どうだろうか。でも、会の趣旨からいったら、立ち入らざるを得ない感じはするけどね。抗議するべきときは、しなきゃならない。だから、最初、声明はしたんじゃないのかな。
吉岡　設立趣意書にはいろいろ書いてありますが、基本は三つですね。第一、国際的に文筆家相互の親睦を図ることを目的とする。第二、政治的活動を除く一切の方面に活動を広げる。第三、日本ペン倶楽部はロンドンの国際ペンとは友誼的関係はあるけれども、独立してできたものである。

国際ペンが第一次世界大戦の戦禍を経て生まれたものであり、言論・表現の自由を何よりも大切にする、ということは関係者一同、みんなわかっている。だけど、そことは一線を引いておくとしないと……。
浅田　それも配慮だろう。政治的配慮。
吉岡　そうですね。日本ペン倶楽部は、そこから独立している。でも、関係は持ちますよということね。
浅田　なるほど。そうだったのか。オブザーバー参加ですね。
吉岡　そうだね、一応、正式メンバーではあるけれど、そう考えるとわかりやすい。
浅田　最初はけっこう緩かったんだ。

吉岡　もう治安維持法はあるし、新聞紙法もあるしという政治状況と、二・二六事件の三ヵ月前ですから、相当に世の中がきな臭くなっているときだったということもあって。設立総会は、繰り返せば、一九三五（昭和一〇）年一一月二六日ですね。場所は丸の内の東洋軒。東洋軒って、レストランですかね。洋風っていうか、いや、東洋風か（笑）。

会場は、あらたに駆けつけた土井晩翠《ばんすい》（一八七一～一九五二）、横光利一なども含めて約一〇〇名と、取材の新聞記者やカメラマンでごった返したようです。国際ペンの当時の会長は、SF作家にして歴史家でもあったH・G・ウェルズ（一八六六～一九四六）で、彼からの祝辞も披露された。

ペン倶楽部が始まったときの話で、お金の話がおもしろいですよ。作家って、お金ないじゃないですか。従軍作家になって、七〇〇円をもらう、という仕組みもまだなかったし。それなのに銀座や京橋、けっこういいところに事務所を構えています。

どうしたのって調べてみたら、大倉財閥が相当支援している。財閥創始者の大倉喜八郎（一八三七～一九二八）は戊辰《ぼしん》戦争のとき、官軍に武器を売って財をなしたでしょ。それが二代目になって、喜七郎の時代ね。大倉喜七郎（一八八二～一九六三）は趣味で新楽器を発明し、それを普及させようとして音楽会を開いたりしていたんだけど、そのとき島崎藤村がタダで作詞をしてやったことがあって、それ以来、親交があったっていうの。

それで、藤村がペン倶楽部の会長になってから、毎月お金を送ってきて、それが年間一万五〇〇〇円くらいになったって。すごい金額ですよ。

浅田　とんでもない金額だね。ということは、現在の金に換算すると、年間四、五〇〇〇万円ということ？

吉岡　『五十年史』には、七、八〇〇〇万円とあります。島崎藤村が、第一四回の国際ペン大会に、ブエノスアイレスに行くじゃないですか。あのときのお金も、大倉財閥が出しているんだよ。

浅田　いま、いないかね。毎年四、五〇〇〇万円、出してくれるスポンサー。どっか（苦笑）。

吉岡　それがいつまでつづいたかというと、五年間ぐらいね。

太平洋戦争が迫ったころには、日本ペン倶楽部の会員たちは発表する場もなくなり、徴用される会員もいた。事務局には特高が出入りし、会議も開けない。真珠湾攻撃の一ヵ月前、日本から「もはやわれわれは連絡することすら不可能な状態にある。しかしわが日本ペン倶楽部は存在する」と送った電報が、国際ペンとの最後の通信となった。

そのぎりぎりまで、だいぶ金額は減ったようですが、大倉喜七郎はお金を出していますね。不思議な人です。彼はイギリスに留学したときに車に凝って、日本で最初のカーレーサーにもなった。ペンにお金を出すときも、「この金はあまり有意義なことに使わないでくれ」と言って、勝手にさせたり。ま、財閥としては、そのくらいお金を稼いでいたっていうことですけど。

その財をなす本拠地は、満州ですね。大陸に資本を投下し、ものすごく稼ぐ。しかし、銀行は持っていなかった。だから、戦争の旗色が悪くなり、ついに敗戦ということになったとたん、いっきに破綻してしまいます。残ったのは、ホテルオークラと帝国ホテルくらいですね。

浅田　筆頭出資者。

吉岡　帝国ホテルの出資者ですよね。

浅田　いまは何もないの？　ホテルオークラ以外、何にもないの？

吉岡　東京経済大学の前身が、大倉喜八郎の創立した商業学校だから、その創立者の名誉は残っているでしょう。あとは札幌のスキー場、冬季オリンピックをやった会場、あれは大倉のものですよね。

浅田　大倉山で、だから大倉シャンツェだったんだ。

日本ペンクラブ小史　その一

一九三五（昭和一〇）年　一一月二六日、日本ペン倶楽部創立総会。初代会長に島崎藤村、副会長に有島生馬、堀口大學、主事に勝本清一郎、会計主任には芹沢光治良が就任。事務所は中央区銀座西八丁目の日吉ビル。

一九三六（昭和一一）年　国際ペン・ブエノスアイレス大会に島崎藤村会長、有島生馬副会長が参加。

一九三七（昭和一二）年　国際ペン・パリ大会に有島生馬、久米正雄を派遣。日本ペン倶楽部は国際ペンの常任理事国に。清沢洌を常任理事会に派遣。事務所を中央区西銀座五丁目のマツダビルに移す。

一九三九（昭和一四）年　第二次世界大戦の勃発。

一九四〇（昭和一五）年　大戦のため、ストックホルムで開催予定の国際ペン大会中止。

一九四一（昭和一六）年　国際ペン・ロンドン大会への参加要請があるも、国内情勢が緊迫し不参加。常任理事中島健蔵が「もはやわれわれは連絡することすら不可能な状態にある。しかしわが日本ペン倶楽部は存在する」と返信。一二月、日本軍の真珠湾攻撃により、太平洋戦争開戦。

一九四二（昭和一七）年　中島健蔵常任理事が徴用され、夏目三郎書記長も応召し、日本ペン倶楽部は活動を停止。事務所を元の日吉ビルに移す。

一九四三（昭和一八）年　島崎藤村会長死去。第二代会長に正宗白鳥。

一九四五（昭和二〇）年　太平洋戦争終結。

一九四六（昭和二一）年　国際ペンは廃墟のなかで活動を再開し、国際ペン・ストックホルム大会を開催。日本でもペン活動再建の動き。

一九四七（昭和二二）年　旧会員を含む多数の文化人により日本ペンクラブを再建（「倶楽部」を「クラブ」に変更）。新規約を定め、第三代会長に志賀直哉、副会長に辰野隆、幹事長に豊島与志雄を選出。事務所を中央区京橋二丁目の明治製菓ビルに置く。国際ペン・チューリヒ大会（テーマ「文学者と政治」）に、スイス滞在中の笠信太郎がオブザーバーとして出席。

一九四八（昭和二三）年　国際ペン・コペンハーゲン大会で日本ペンクラブの国際ペン復帰を承認。第四代会長に川端康成が就任。以後、国際ペンの年一回の年次大会開催が正常化し、日本ペンクラブも代表を派遣するとともに、国際ペン執行委員会にも加わり、運営に関わることになる。

一九五三（昭和二八）年　東京高裁のチャタレイ裁判有罪判決に抗議声明を発表。会員向け「会報」を再刊。

一九五六（昭和三一）年　事務所を中央区銀座東五丁目の明札ビルに移転。国際ペン大会東京招致を決定。

一九五七（昭和三二）年　国際ペン・東京大会（テーマ「東西文学の相互影響」）を東京と京都で開催。二六ヵ国、三〇センターの代表一七一名が参加。日本代表は桑原武夫、高見順。

一九五八（昭和三三）年　事務所を千代田区有楽町の朝日新聞東京本社内に移転。警察官

職務執行法改正案に反対する声明。ソ連人作家パステルナークの『ドクトル・ジバゴ』がノーベル文学賞辞退を迫られた事件に対し「遺憾の意」を発表。

一九六〇（昭和三五）年　日米新安保条約の批准承認に対する抗議声明を発表。

一九六一（昭和三六）年　嶋中事件（深沢七郎『風流夢譚』事件）に関し、「言論表現の自由を暴力で抑圧することに反対する」旨の声明。韓国の朴国家再建最高会議議長に、韓国ジャーナリスト三名の死刑判決に対する配慮を要請する電報を発信。ソ連の核実験再開に抗議する電報をフルシチョフ首相に発信。

一九六四（昭和三九）年　東京オリンピック開催。

一九六五（昭和四〇）年　「東京オリンピック記念日本ペンクラブ文学賞」最優秀賞を英詩人J・カーカップの連続詩『海の日本』に授与。トンキン湾事件によりベトナム戦争激化。「ベトナムにおける事態を憂う」声明を発表。第五代会長に芹沢光治良を選出。

一九六八（昭和四三）年　川端康成がノーベル文学賞を受賞。

一九七一（昭和四六）年　事務所を港区赤坂九丁目の秀和レジデンシャルホテルに移転。

一九七二（昭和四七）年　東京と京都で「日本文化研究国際会議」を開催。三九ヵ国から一八一名など、国内外の文学関係者六〇〇余名が参加。

一九七四（昭和四九）年　作家ソルジェニーツィン逮捕に関し、即時釈放を求める電報をソ連政府に打電。韓国詩人・金芝河《キムジハ》の減刑要請に派遣した一部代表の発言に対し、会内外から批判が起き、紛糾。第六代会長に中村光夫を選出。

一九七五（昭和五〇）年　第七代会長に選出された石川達三の「二つの自由」発言を野坂昭如《あきゆき》、生島治郎、五木寛之らが批判。

一九七七（昭和五二）年　金芝河の実刑判決と苛酷な扱いに対する「深い憂慮」を表明する声明。映画『愛のコリーダ』裁判と刑法一七五条に対する「基本的見解」公表。第八代会長に高橋健二を選出。

一九七八（昭和五三）年　政治的抑圧を受けている国外文筆家を支援する「客員会員」制度を設け、金芝河を客員会員に（のちにミャンマーのアウンサン・スーチーも）。

一九七九（昭和五四）年　全会員に「元号」に関するアンケートを行ない、「元号法案」に対する声明。東京高裁による野坂昭如「四畳半襖《ふすま》の下張《したばり》」有罪判決に対する声明。

一九八一（昭和五六）年　第九代会長に井上靖が就任。「教科書検閲に抗議の声明」を発表。

一九八四（昭和五九）年　二回目の国際ペン・東京大会（テーマ「核状況下における文学〜なぜわれわれは書くのか」）を開催。各国・地域の四五センター、二一九名の海外参加者と日本ペン会員三五〇余名が参加。核兵器廃絶を求める決議を採択。

一九八五（昭和六〇）年　毎年三月三日を「平和の日」と定め、第一回を東京で開催（以降現在まで、毎年各地で開催）。第一〇代会長に遠藤周作を選出。

一九八六（昭和六一）年　防衛機密に係るスパイ行為等の防止に関する法律案に反対声明を発表。

一九八八（昭和六三）年　韓国の獄中作家五名を客員会員とし、釈放要請の声明を発表。

一九八九（昭和六四／平成元）年　昭和から平成へ。ベルリンの壁崩壊と冷戦終結。八時間マラソントーク「私たちの言論表現は守られているか」開催。第一一代会長に大岡信を選出。

「文学と政治」に揺れた一九七〇年代――『四畳半襖の下張』

吉岡　日本の敗戦後、カタカナ表記の日本ペンクラブが再建されます。そのペンクラブは、一九七〇年代、大いに揺れ動きます。

浅田　一つは、金芝河（一九四一〜。朴正熙《パクチョンヒ》政権時代、反共法違反で逮捕された韓国の詩人）の問題で、ペンクラブが大もめにもめて、石川達三さんが会長を辞任した。

吉岡　その時代のペンを、僕、まだ会員じゃなかったから、知らないんですよ。第七代の石川達三会長のときで、石川さんは、もう選ばれても会長はやらない、と降りてしまう。相当有名な事件です。

底流にあったのは、いま浅田さんが言った韓国の詩人、金芝河の支援問題ですね。当時の軍事政権を痛烈な詩で批判していた彼が逮捕され、裁判にかけられるという事件が起きた。僕はそのころ、ソウルまで裁判の傍聴に行って、腰縄で法廷に引かれてきた彼をみましたよ。そのレポートを日本のメディアに書いたら、それから二〇年くらい、ビザが降りなくなりました。

ところが、日本ペンクラブが送った代表団は、ま、あまりたいした問題じゃない、隣国のことにあまり口を出さないほうがいい、みたいな報告をして、ペンの内部でいろんな議論が始まって、ぎすぎすし始めたんでしょ。

そんなときに、新会長になった石川さんが記者たちの前で、「自由には二つある」という発言をした。絶対に譲れないのは言論の自由であって、もう一つのわいせつ表現の自由は、これはそんなに重要じゃないんじゃないか、と。

これに嚙《か》みついたのが野坂昭如さん（一九三〇〜二〇一五）。当時、野坂さんは『四畳半襖の下張』裁判（一九七二年、野坂昭如が編集長をしていた雑誌「面白半分」に掲載した、永井荷風作という戯作『四畳半襖の下張』をめぐって、野坂らがわいせつ文書販売の罪状に問われた裁判）で被告席に座らされていた。彼にとっては、性表現の自由は絶対に譲れない自由だったから、その後一年間、何度も石川会長に詰め寄ったんですね。一方の石川さんも、『生きてゐる兵隊』の発禁事件でさんざんな目に遭った人だから、多少のことは譲っても、言論の自由だけは絶対死守しなければならない、と頑固なくらいに言いつづけた。

結局、両人とも、個人的意見でした、それによってペン活動を停滞させてしまったことはごめんなさい、ということで落着するんですけど、この前後でペンをやめる会員、新しく入ってくる会員が何人かいたんですよね。

浅田　「『四畳半襖の下張』事件」。あれは大事件で、新聞にしょっちゅう載っていたものな。覚えている。

吉岡　そう。あれは一九七〇年代の半ばですね。

浅田　そのとき、若手作家が大勢入ってきた。

吉岡　らしいですね。

浅田　みんな声かけ合って。

吉岡　当時の若手作家にとっても、これは忘れられない出来事だったらしく、毎年一一月にやっているペンクラブの創立記念日のパーティーで、五木寛之さんが話していましたね。

浅田　そういう時代、こないかな。世代交代を迫るような若い人たちがいっぱい出て。いま、気配もないもんな（苦笑）。

吉岡　若い作家にそういう意識が……。

浅田　ない。

吉岡　ま、小説の性表現に関しては、タブーはもうほとんどない。だから僕からみていると、薄いかなという感じがします。

浅田　薄い。

文学は世の中に愛を与えるもの

吉岡　七〇年代前半といえば、浅田さんも僕もまだ全然物書きらしくないんだけど、でも、けっこう同時代の小説も読んでいましたよね。ペンクラブのごたごたも、詳しくは知らないまでも、多少は気にかかっていた。

その一方でね、うーん、ちょっと言葉にならないんだけど、戸惑ったのは、「内向の世代」の作品ね。ベトナム反戦だ、全共闘だ、三島由紀夫の自決だ、という騒然とした年月が過ぎたあとで、古井由吉《よしきち》（一九三七〜）、坂上弘（一九三六〜）、黒井千次《せんじ》さん（一九三二〜）たちの小説が相次いで出てきた。

個人の実感とか、日常生活の機微とか、内面の豊穣さとか、それが大事なのは重々わかっているけど、ストーリーのなかで何も動かない小説が出てきたとき、文学って何なんだろう、と頭が真っ白になったことを覚えている。

浅田　内向の世代は、いわゆる純文学と言われたものの一つの到達点、というか、一つの結論だと思うんだけど、僕は個人的には、まったく否定的だった。

小説っていうのは、物語であって、自分の日常生活を書いた小説など、誰がおもしろがるかと思った。

そして、これは志賀直哉が原点だと思って。高等遊民的な志賀直哉という小説家が、溺れているカエルだか、ネズミだか、そういうものを客観的に、冷徹な目で描写するのが、文学なのかと思った。少なくとも物語ではない。

あと、自分の家の個人的なごたごたというものをね、さらけ出して書くものが、立派な文学であるというようなことはなかろうと思った。

そういうものはね、イギリスの自然主義文学のはき違えでしょう。もともと自然主義文学というのは、反キリスト教の文学という意味ですよ。生の人間を書こうじゃないか、という宗教的呪縛から離れた芸術運動、文学運動だったんだよ。

それを、日本人は、そもそも束縛されている宗教がないから、結局、自分の苦悩をありのままに書くことが、文学なんだろうって。それが、自然な、むき出しの人間を書くことなんだろうっていう、それがプロレタリア文学のように、うまく結晶した時代もあった。プロレタリア文学の時期の日常の苦悩の描き方っていうのが、非常に魅力的です。

で、日本の自然主義文学というのは、そういうふうにきたんだけれども、当然、これ、自分のことを書いていったら、限度はあるわけですよ。てめえの愚痴なんか、他人が聞いておもしろいはずはないんだから。

内向の世代

浅田　それが一九七〇年代、どんどん内向していって、自分では志賀直哉っていう小説家は好きではなかったし、それは、谷崎潤一郎のけんらんたる物語世界のほうが、ずっと魅力的だと思っていたから、だから、僕は最初から、純文学の戦後の傾向に関しては、否定的でした。

吉岡　いや、否定するも何も、僕は戸惑ったな。何も起こらない小説といえば、当時、話題になっていたものでは、イギリスのサミュエル・ベケット（一九〇六〜一九八九）の『ゴドーを待ちながら』（一九五二年）があったし、フランスにはヌーヴォー・ロマンの作家たちもいたでしょ。だけど、そういうものと読み比べても……。何なんだろう、すごく自閉していってるな、と。

浅田　だって、しょせんは他人事でしょう。

吉岡　中学高校生のころから小説を読み始めてね、もちろん乱読ですけど、石原慎太郎（一九三二～）、大江健三郎、小田実、開高健、高橋和巳、五木寛之（一九三二～）、野坂昭如さんなどの小説は自分と地続きの世界として読めたんですよ。年齢は、僕のほうがずっと下だけど、地続きだから、すっと読める。違う世界を読むぞ、というときは、やっぱり戦後文学、堀田善衞（一九一八～一九九八。『広場の孤独』『時間』『ゴヤ』など）、大岡昇平（一九〇九～一九八八。フィリピン戦線で米軍の捕虜となる。『レイテ戦記』など）、野間宏（一九一五～一九九一。『真空地帯』『青年の環』など）、武田泰淳《たいじゅん》さん（一九一二～一九七六。『蝮のすゑ』『ひかりごけ』など）なんかになるんだね。

そうすると、どうしたって戦争のことが出てくる。あの戦争をどう考えるんだって。いや、何も進んで戦争のことを考えたかったわけじゃないですよ。でも、これから僕らはアメリカにも中国にも東南アジアにも行くだろう。六〇～七〇年代の子どもなら、そのくらいは当たり前だと思っている。そのとき、戦争は生まれる前のことなので何もわかりませんなんて言ったら、アホだと思われる。それもわかっている。僕が手を下した戦争じゃないけど、アジアで二千万人からが殺されたり死んだりした戦争を僕はどう思っているのか、ひと言ふた言しゃべれなきゃ話にならない。そう思って彼らの小説を読んでいると、世間と相渉《あいわた》る、世界と相渉る、そこで生じることを物語るのが小説なんだ、と考えるようになるよね。

その読み方からすると、内向の世代の小説はまったく違うでしょ。しかも、当時はすごい話題になって、これからの小説はこれだ、みたいで……。

浅田 でも、あの人たちって、ペンクラブにあんまり入らなかったんじゃない？

吉岡 ああ、内向の世代の人たち？

浅田 内向の世代。

吉岡 あまり聞かないですね。

浅田 あんまりペンクラブ的なイメージはない。

吉岡 ペンクラブに近寄らなかったと思う。

浅田 やっぱり、それは、日本文学の伝統を、ある意味では、かたくなに守っている人たちとも言えるわけですよ。

だから、それも隠者の文学なわけだよ。自分のことばっかり、淡々と書いていくというのは。

芸術は娯楽

吉岡　違う言い方をするとね、さっき浅田さん、ヨーロッパの自然主義文学は反キリスト教、神の存在を否定するところから始まったと言いましたよね。日本の近代文学はそこのところをはき違えているって。

確かに、そう。だけど、日本は日本で、近代文学は江戸期の戯作や和歌・俳句的情感とか、あるいは漢学に対する反抗から始まったと言っても、そんなに間違っていないと思う。つまり、やっぱり何かに対する「反」なんですよ。反抗している、そこに日本近代文学の根拠があった。

ところが、志賀直哉的文学、それを自覚的に引き継いだかどうかわからないですが、いま話している内向の世代的文学は何に反抗しているんだろう。別に僕は政治的なことを言っているんじゃないですよ。もっと文化全体のこと。

そこが、僕にはわからなかったんだな。

浅田　わかるんだよ、そうした文学が登場した背景というのは、僕もその時代に育ったわけだから、理解はできる。

だがね、自分で読んでいて、とても窮屈だった。

吉岡　あ、そうですね、窮屈。

浅田　なんだか暗い感じになっちゃう。

文学はやっぱり、苦悩を救済するものであり、人を楽しませるものだろうと思うんだよ。やっぱり、芸術は娯楽だと思うんだよ。

吉岡　そう。

浅田　だから、その……。

吉岡　少し元気にしなくちゃいけないよ。愛でしょ、世の中に対する。

浅田　だから、僕は、私小説が文学の主流であるのは、少なくとも間違いだと思っている。もちろん、なくてはならぬものだけれど。

苦悩の喪失

浅田　あのころから、苦悩の喪失というのか、何か生まれた世の中がどんどんよくなっていって、社会的苦悩が減っていったので、自分のことを書くしかないみたいな感じになってきたんじゃないかなと思うんだよ。

吉岡　あ、だんだん思い出してきた。

一〇代から二〇代半ばくらいであういう作品を読むと、蹴手繰《けたぐ》りされたような感じだったものね。さっきも言ったように、何とか世の中に出会おう、他人のなかに入っていこうと思って戦後文学を夢中で読んでいるさなか、内面の豊穣さなんて言われても、おれの内面には何にもないぞっていう感じだった。だって、まだ二〇年かそこらしか生きていないやつの内面なんて、知れたものだもの。

ガクッと、つんのめっちゃう。蹴手繰りですよ（笑）。

浅田さんもそう思ってた？

浅田　でもさ、あれが文学だ、ザ・これこそ文学だという空気があったから、あのとき、あんまり文句言えないんだよ。
吉岡　ははっ、そうだね。
浅田　あのころってさ、高田馬場の暗い喫茶店で、みんなで議論を、文学論を闘わせている時代じゃないですか。そういうときに、自分が妙なことを言おうものなら、総スカンになるっていう怖さがあって、何となくさ、何となくね、悪口は言わなかった。僕の性格かもしれないけど。
吉岡　僕も他人の悪口は言わないほうなんだけど、でも、遠ざけたね。これで、文学と言われたら困るな、おれなんか入っていけないよ、と思った。
浅田　やっぱり、何だかんだ言って、芸術の第一義は、おもしろいか、おもしろくないかでしょう。
吉岡　それは、文学もそうだし、美術だってそうですよ。
浅田　そうだよ。美しく、おもしろく、わかりやすくなんだよ。
吉岡　そうですね。
浅田　それをほとんど備えてなかったと思うんだよね。

吉岡 やっぱりね、浅田さんもそう思っていたんだ。当時はなかなか口にはできなかったけど、僕がノンフィクションのほうに入っていったのも、いま思い返してみれば、内向の世代の文学への反発だったかもしれないな。その意味じゃ、感謝しなくっちゃ。

でも、そういう作家や表現者も含めて、日本ペンクラブは包み込んでいかなくてはいけないんじゃないかな。特にいまは。でないと、ものの感じ方、考え方がワンパターンになってしまう。そのためにもちゃんと文学的、文化的議論をしないとね、おもしろく。

浅田 でも、ま、もっといろいろな文学者がペンクラブに入ってきていただきたいと思いますね。

日本ペンクラブ小史 その二

一九九〇（平成二）年 長崎市長狙撃事件に関し、「抗議声明」発表。フランクフルト・ブックフェアに日本ペンクラブ編『一九四五〜一九九〇日本文学翻訳リスト』を出展。

一九九一（平成三）年 「湾岸戦争に関する討論集会」開催。サルマン・ラシュディ著『悪魔の詩』翻訳者殺害に関する声明を発表。

一九九三（平成五）年　第一二代会長に尾崎秀樹《ほつき》を選出。教科書検定強化を憂慮する声明を発表。東京で開催の「獄中作家の日」（テーマ「韓国、日本における文学と人権～表現の自由と圧殺をめぐって」）に韓国から二人の作家を招く。

一九九四（平成六）年　三好徹ら日本ペン代表団が上海・北京のペンセンターを訪問、日中文学者交流事業を開始（以後、毎年交互に数名ずつの作家が訪問し合う交流が現在までつづく）。大江健三郎がノーベル文学賞を受賞。

一九九五（平成七）年　阪神淡路大震災。差別表現に関する公開研究会（テーマ「放送界における用語規制」）を開催。フランスの核実験再開に対する反対声明。書籍等の再販廃止に関する声明。破防法適用に関する抗議声明を発表。

一九九六（平成八）年　沖縄の米軍基地問題に関する声明。「アジア・太平洋会議～変りゆくアジアの文学」を東京で開催。「言語と文学」「差別と文学」「環境と文学」「戦争と文学」の四分科会に海外から一四ペンセンターなど三一名が参加。

一九九七（平成九）年　第一三代会長に梅原猛を選出。諫早《いさはや》湾干拓潮受け堤防に関する声明。児童連続殺傷事件（神戸）の被疑者少年の顔写真が週刊写真誌に掲載されたことに関し、憂慮する見解を発表。

一九九八（平成一〇）年　インドとパキスタンの核実験に反対する声明。通信傍受法案に反対する声明。アメリカとロシアが相前後して行なった未臨界核実験に反対する声明。ペン代表団が諫早湾干拓の現状を視察。

一九九九（平成一一）年　国民の知る権利としての情報公開法を求める声明。国旗国歌の法制化についての声明。衆参両院全議員に「通信傍受法の適用に関する質問書」を送付。

二〇〇〇（平成一二）年　公安調査庁が日本ペンクラブ等を調査監視していたことに対する「抗議」を発表。公開シンポジウム「一億総表現者の時代〜ネット社会でわたしは〝わたし〟をどう表現するか」開催。

二〇〇一（平成一三）年　個人情報保護法案に関し、問題点を指摘する緊急声明を発表。ペン主宰の「電子文藝館」を開設。米国9・11同時多発テロとアフガニスタン侵攻をめぐり、講演会「いま『戦争と平和』を考える」を開催（以後、〇七年まで毎年開催）。

二〇〇二（平成一四）年　中央区日本橋兜《かぶと》町に日本ペンクラブビル竣工。事務所移転を機に言論表現委員会、平和委員会、獄中作家委員会、人権委員会、環境委員会、女性作家委員会など、各委員会が主催する講演会、シンポジウムが活発化。

二〇〇三（平成一五）年　前年につづき、個人情報保護法案の「抜本的作り替え」を要求する声明を発表。米英軍のイラク攻撃に抗議する緊急声明を発表し、国連事務総長に対し、現地の実態調査を求める書簡を送付。第一四代会長に井上ひさしを選出。

二〇〇四（平成一六）年　イラク戦争激化と自衛隊派遣が迫るなか、小説・手紙・エッセイ等、四五人の作家らによる『それでも私は戦争に反対します。』（平凡社）を刊行。各大学との共催事業が活発化。日本ペンと各委員会の催事等を伝えるメールマガジン「P・E・N」創刊。

二〇〇五（平成一七）年　自衛隊イラク派遣に反対する声明、共謀罪新設に反対する声明を発表。従前からの「平和の日」開催に加え、栃木県大田原市の「文学サロン」、群馬県渋川市の「伊香保文学サロン」、千葉県市川市の「日中文学者シンポジウム」等、地方自治体との共催事業が活発化。

二〇〇六（平成一八）年　北朝鮮の核実験を批判し、「関係諸国に非核兵器地帯の拡大を訴える」声明を発表。「国際文化フォーラム〜文学と災害」を文化庁と共催。

二〇〇七（平成一九）年　第一五代会長に阿刀田高を選出。ミャンマー政府による言論弾圧、僧侶・市民の拘束、日本人ジャーナリスト殺害に抗議し、「言論の自由の回復を求める」声明を発表。

二〇〇八（平成二〇）年　東京で世界ペンフォーラム「災害と文化～叫ぶ、生きる、生きなおす」を四日間にわたり開催。ハリケーン、干魃《かんばつ》、地震、津波等の災害から生まれた小説・映画・演劇・音楽の作者や制作者一〇余名を招聘、来日した莫言《ばくげん》『秋の水』、井上ひさし『少年口伝隊一九四五』等を初演。中国政府に作家・劉暁波《りゅうぎょうは》の拘束を解くよう求める声明。クロアチア・ペンとの相互訪問。

二〇〇九（平成二一）年　パレスチナ・ガザ地域の恒久的な安全を求める声明。北朝鮮の核実験に抗議する声明。「グーグルブック検索和解協定」に関し、米裁判所に異議申し立て。

二〇一〇（平成二二）年　三回目となる国際ペン・東京大会（テーマ「環境と文学～いま何を書くか」）を開催。海外八五の国・地域ペンセンターから二五〇名が参加。各委員会の独自企画や早稲田大学大隈講堂で開催の「文学セミナー」の会員・一般の参加者はのべ六〇〇〇名。堀武昭が国際ペン専務理事に就任。

二〇一一（平成二三）年　東日本大震災と福島第一原発事故。数十名の会員が取材、ボランティア活動で被災地入り。「子どもの本」委員会は移動図書館を設営、地元関係者と長期に運営する。第一六代会長に浅田次郎を選出。

二〇一二（平成二四）年　会員五〇余名の小説・エッセイ、詩等による『いまこそ私は原発に反対します。』（平凡社）を刊行。環境委員会が企画した福島原発事故被災地視察に四〇余名が参加、被災者と交流。浅田会長を団長に、チェルノブイリ原発事故の現地視察も行なう。

二〇一三（平成二五）年　国民個々に番号を振り、所得や社会保障情報等を管理する共通番号制導入の再考を訴える声明。特定秘密保護法案の強行採決に対し、「為政者の身勝手な権力行使と情報隠蔽」を容易ならしめるものとして批判する声明。

二〇一四（平成二六）年　中西進副会長の発案により、七三年前の「太平洋戦争開戦の日に当たって」の声明を執行部全員の連署で発表。特定秘密保護法制定、集団的自衛権発動、原発再稼働の動き等々の国策優先思想の台頭が戦後の平和主義・主権在民・基本的人権の精神を踏みにじっているとして、開戦前夜の歴史から学ぼうと呼びかける内容。

二〇一五（平成二七）年　新作映像・作品朗読・シンポジウム・音楽で構成する年一回の「ふるさとと文学」企画を開始。第一回は長野県で「島崎藤村の小諸」を開催（新作映像は「夜明けをひらく」、作品朗読は中村敦夫など）。

二〇一六（平成二八）年　北朝鮮による核実験を強く批判する声明。堀武昭が国際ペン副会長に就任。秋田県で「ふるさとと文学～石川達三の秋田」開催（新作映像は「激流に浮かぶ小舟」、作品朗読は壇蜜など）。

二〇一七（平成二九）年　共謀罪法案に反対する集会、シンポジウム、インターネットによるキャンペーンを展開。政府与党の強行採決に対する批判声明。国際ペンのクレメント会長も「日本政府の意図を厳しい目で注視」の見解公表。第一七代会長に吉岡忍を選出。中国の劉暁波への人道的対応を求める声明。北朝鮮の核実験批判の声明。静岡県で「ふるさとと文学～川端康成の伊豆」開催（新作映像は「赤い薔薇《ばら》の目になって」、作品朗読は樹木希林など）。

第六章　それでも私たちは戦争に反対する

～坂口安吾

最近の言論団体

吉岡　八十有余年にわたり、民間だけでやってきた団体って、そうはないですね。文学・文化領域では稀有《けう》な存在かもしれない。長ければいいっていうことではないけれど、ペンの継続的な歴史からその周辺の動きを眺めていくと、近代日本文学や文化のかなりのことが理解できるんじゃないか。こうやって話していると、つくづくそう思いますね。

浅田さんにしても、僕にしても、活動に加わったのは、近年のたかだか十数年のことで、とても全体は見通せる立場じゃないんだけど。

戦後の日本ペンクラブは三回、国際ペン大会を東京に招致していますね。

国際ペンは、ほぼ毎年、どこかの国か地域で国際ペン大会を開催しています。聞き伝えだけど、六〇年代ころまで、世界で一等国として認められるには三つのイベントを開催しなければいけない、と言われていたそうですね。一にオリンピック、二に万国博覧会、三に国際ペン大会。

一と二は、それだけのインフラや経済力を備えていなければダメ、ということだからわかりやすい。で、三は、国際ペンは言論・表現の抑圧に反対することをモットーにしている組織なんだし、それを受け入れるくらい自由が保障されている国じゃないと、一等国とは言えないんだ、ということですね。

初代会長の島崎藤村がブエノスアイレスで開催された大会に行ったとき、四年後の一九四〇（昭和一五）年の国際ペン大会を東京で開催できないか、と打診されている。藤村は前向きに検討する、という返事をしたんですね。実は同じ年、東京オリンピックも開催されることになっていた。

でも、日本は孤立したままで、日中戦争は泥沼化する一方、言論はますます不自由になる、日米関係も緊迫するなかで、東京でのオリンピックも国際ペン大会も幻と化して、いまの言い方をすれば、ついに日本は一等国入りを果たせなかった。

東京での国際ペン大会は、一回目が川端康成会長のときの一九五七（昭和三二）年で、大会テーマは「東西文学の相互影響」、二回目は井上靖会長（一九〇七〜一九九一）のときの一九八四（昭和五九）年、「核状況下における文学」をテーマにしている。そして、三回目は、これは僕らも関わっていますが、阿刀田高会長（一九三五〜）のときの二〇一〇（平成二二）年で、「環境と文学」がテーマでした。

こうやってみると、時代を映してますよね。敗戦国日本が、もはや戦後ではないというスタート地点に立って、もう一度世界に参加していった一九五〇年代。冷戦下、東西陣営が核兵器をむきだしにして対立していた一九八〇年代。グローバル市場経済の下で、環境破壊が進んだ二〇一〇年代。ちなみに、日本ペンクラブが文学の課題として自然環境や生態系をテーマにするようになったのは、梅原猛会長のころでしょう。

もう一つ言うとね、国際ペン大会だけじゃなく、僕らがそれとは別に独自に主催した二〇〇七（平成一九）年の世界ペンフォーラム「災害と文化」などを開くたび、多くの外国人作家が来日しますよね。アメリカからはジョン・スタインベック（一九〇二〜一九六八）やカート・ヴォネガット（一九二二〜二〇〇七）がきた、イタリアからアルベルト・モラヴィア（一九〇七〜一九九〇）もきた、フランスからはロブ・グリエ（一九二二〜二〇〇八）、中国から巴金《ぱきん》（一九〇四〜二〇〇五）や莫言（一九五五〜）、フランスに暮らしていますが、高行健（一九四〇〜）もきたと。ノーベル文学賞作家をはじめ、いろんな作風の作家たちと身近に接することによって、さまざまな刺激を受ける。それもまた日本文学と文化にとって大事だったと思うんですよ。
ただ、ここ十数年は、ペンクラブが目配りしなくちゃいけない分野が広がって、ちょっと大変ですよね。あくまで言論・表現の自由をベースにしながらですが、戦争とテロの問題、憲法や安全保障の問題、核兵器や原発の問題……。どれも国内では片付かなくて、国際的な視野で考えなくちゃならないでしょ。
浅田会長のとき、いっきに分野が広がった、と思いましたけど。

浅田　どうだったんだろうな。そのあたりを、どう総括していたのかなぁ。
僕が会長だった時代というのは、僕は何にもやってなくて、とにかく全部、吉岡さん任せだったので……。

吉岡　そんなことないですよ。

浅田　吉岡さんが、全部、声明文等は起草してくれて、いろいろな企画も整えてくれました。
会長の僕がやった仕事というのは、どういうのかというと、いかにも僕らしい卑怯《ひきょう》な手なんですけれども（苦笑）、僕は、常務理事、専務理事って、ずっと経てきて、ペンクラブというのは、ちゃんとした人材がいっぱいいるということはよくわかっていたんです。だから、この人たちのバランスをちゃんととって、和をもってやっていけば、自然に活動するというふうに思っていました。それぐらいのもんですね。

前のことで、僕がはっきり覚えているのはベトナム戦争反対と、川端康成さんが記者会見したのはよく覚えている。新聞にも出たから。

それ以降というのは、あんまり記憶にないんだな。チェルノブイリの事故のときとか、全然、記憶にない。

吉岡　ないと思う。

9・11の時代

浅田　井上さん時代……。湾岸戦争（一九九〇～一九九一年）は、大岡信さん（一九三一～二〇一七。詩人。日本ペンクラブ一一代会長〈一九八九～一九九三年〉）のとき。

このあと、梅原猛さん（一九二五～。哲学者。日本ペンクラブ一三代会長〈一九九七～二〇〇三年〉）、井上ひさしさん（一九三四～二〇一〇。劇作家、小説家。日本ペンクラブ一四代会長〈二〇〇三〜二〇〇七年〉）、阿刀田高さん（一九三五〜。小説家。日本ペンクラブ一五代会長〈二〇〇七〜二〇一一年〉）と続くんじゃないかな。何か井上さんの時代に、わりと声明が増えたみたいな気がする。

吉岡　井上靖さんじゃなくって、井上ひさしさんのほうね。

浅田　うん、ひさしさん。

吉岡　ちょっと時計をもどすとね、二〇〇一（平成一三）年九月、ニューヨークで9・11同時多発テロが起きますね。あれで冷戦期、ベルリンの壁崩壊とグローバリズムの始まりときた戦後世界の構造が、ガラッと変わります。このときは梅原猛会長ですね。

アメリカは直ちにアフガニスタンのタリバン政権の追い落としにかかって、その勢いのまま、イラクがイスラム過激派の拠点だ、大量破壊兵器を持っているといって、イラク戦争に突っ込んでいった。それが二〇〇三年のことで、ペンでは井上ひさし会長になったときです。

僕はそのとき、初めて理事になったのね。理事会でも、この戦争をどう考えるのかが議論されていました。9・11のあと、僕は一年かけてニューヨークからアフガン、パレスチナやスーダン、それから旧ユーゴからまたニューヨークへとぐるっと回り、テロと戦争の現場をみてきたばかりだったので、これは国際政治や軍事だけの問題じゃない、むしろ文化や文学が課題とすべきなんだと考えて、われわれは小説やエッセイでこれに取り組もうって提案したんです。そうしたら、井上ひさしさんがそれにのってくれて、四五人の作家やエッセイストが作品を寄せてくれて、『それでも私は戦争に反対します。』（平凡社）という本になった。

浅田さん、覚えてます？　僕、そのとき初めて浅田さんに会ったんですよ。

浅田　ああ、確か短編小説を書きましたね。『もう一人の私から、イラクへと向かう部下へ』という。もし僕がずっと自衛隊にいたら、このご時世に何を考えていただろう、と想像を膨らませました。

吉岡　僕もね、そこに『綿の木の嘘』という、ベトナム戦争とイラク戦争を重ねたような短編小説を書いた。『コレクション　戦争×文学』のベトナム戦争の巻に再録されていますけど、個人的なことを言うと、戦争とテロや爆撃の跡ばかりみてまわった一年間、僕のなかでフィクションがもどってきた、という感じがあったんだな。

現実や世界と相渉る小説というものがある、という手応えかな。小説でないと、目の前の現実の深いところが描けない、というか。だってね、足もとに遺体が横たわって、血が流れている側で、恋人同士が抱き合っていたり、昨日まで隣同士仲良く暮らしてきたのに、今日はその隣人の死体から猛烈な異臭が漂ってきても、激しい憎しみのあまり、嗅覚が全然働かないとか。

こんなの、いくら外側から描写したって、何も伝わらない。現象は描けても、なぜ人間がそんなに簡単に変わってしまうのか、そこまでたどり着けない。一人ひとりを動かしている歴史もそうですね。もっと内部に入り込んで、内面の語りとして書いていかないと、その意味もわからない。語りと描写の違いですね。ノンフィクションの書き手としては、これ、けっこうな驚きだったですね。

わかりやすく言っちゃうと、堀田善衞、大岡昇平、武田泰淳なんかの戦後派への先祖返りですけど、目の前に井上ひさしさんや浅田次郎さんがいるから、ま、自分でも案外すんなりと受け入れましたね。

しかし、まわりをみると、かつては文学者の社会的発言の拠点になっていた新日本文学会とか、日本アジア・アフリカ作家会議とか、もうなくなっちゃって、日本ペンクラブしかないじゃないですか。ですから、9・11以降かな、ペンがその分までやらなければならなくなったのは。

浅田　だから、ペンペン草も生えなくなってからというか、何か……。

吉岡　そう、そう。じゃあ、ペンクラブはどう思っているんだ、と求められるようになった。

スリーマイル島の原発事故

浅田　もう一つの原因としてはね、世界が身近になった感じがする。だから、昔、例えば、川端康成さんの時代っていったら、ちゃんと飛行機で行けたけど、島崎藤村の場合、船でなきゃアルゼンチンへは行けなかった。

川端さんの時代には、それでもやっぱり海外旅行って、かなり費用も手間もかかるものだったと思います。

吉岡　そうですね。

浅田　この二、三〇年で、急激に世界が近づいてきて、世界の話題っていうのは、自分たちの身近に感じられるようになった。

そうするとね、チェルノブイリのとき、自分が何を考えていたかな、というと、やはり遥《はる》かな他国の出来事みたいに思っていたんだ。ところが、もしもいま、同じことが起きたとしたら、これは年齢のせいではなくて、誰もがとても身近に感じると思う。

吉岡　僕は、チェルノブイリではなくて、その前ですけど、スリーマイル島原子力発電所の事故（一九七九年）のとき、アメリカに行ったんですよ。

浅田　ああ、そう。

吉岡　ペンシルバニア州の現地へ行って……。

浅田　早いですね。

吉岡　行ったんだけど、原子力発電所だけをみてもこの問題はわからない、と思って、それでニューメキシコ州やネバダ州の、アメリカの核開発の中心になった地域に足を運んだんです。

浅田　ネバダの核実験場。

吉岡　ですね。それと、ウラン鉱山です、その跡地ですけど。

たいていそこはナバホとかホピとか、ネイティブアメリカン（アメリカ先住民）の「ネーション」と言っていますが、要するに封じ込められた居留地。自治権を拡大しようという運動もあるけれど、早い話が、砂漠に毛が生えたみたいな土漠だらけの荒蕪地《こうぶち》です。村があって、訪ねてみると、六〇歳以上の老人がほとんどいなかったりする。みんな、ガンで死んじゃったって。

近くにウラン鉱があるんですよ。広島に落とした原爆や、その後の何百回も行なわれた核実験と原発を開発したときに使ったウランを掘り出したウラン鉱が、そのまんま口を開け、残滓《ざんし》が放ったらかしになっている。線量計はピーピー鳴るし、着ていったもの、履いていったものは、全部そこに捨ててこないと危ない、というようなところです。

でも、そこの住民たちは離れない。代々暮らしてきた土地だし、だいたい離れようとしても、別の土地や町に行って暮らしを立てるだけのお金もない。彼ら、ほとんどは生活保護で暮らしていましたが、言葉が正確かどうかわからないですが、棄民ですね。こんなアメリカもあるんだ、と気が重くなりましたよ。

だけど、正直に言いますけど、僕は、それをそれとしてみてきただけで、それが3・11東日本大震災の原発事故までつながるものだ、というふうには、当時、考えられなかったんですよ。

ソ連のチェルノブイリ原発事故

吉岡　浅田さん、3・11のあと、チェルノブイリに行きましたよね？

浅田　俳優の中村敦夫さん（一九四〇〜）の提案で、有志をつのりました。参加者は一〇人ぐらいだったと思います。何を書くにしても発言するにしても、現場をみてこなければと思いましたからね。いや、大変な衝撃を受けましたよ。福島もいずれこうなるのかと思って、目の前が暗くなりました。あの旅で世界観が変わった。大袈裟ではなく。

吉岡　チェルノブイリ原発事故（一九八六年）がソ連崩壊（一九九一年）の導火線になったでしょ。

事故が起きても、情報が隠される。当時の最高権力者のゴルバチョフ（一九三一〜）すら、何が起きたのかわからないという状況がつづいた。これに怒った彼がペレストロイカ

（一九八〇年代後半、ソ連で進められた政治改革運動。ロシア語で「改革」の意。情報公開）を始め、それが腐った官僚機構や軍産複合体を突き崩していった。

原発って、スリーマイルもチェルノブイリも、もちろん福島も、国策ですね。権力と二人三脚なんです。そうでなきゃ、あんな巨大な装置産業はできっこない。これは、ちょっと資本が貯《た》まったから水力発電所でもつくろうか、というのとはわけが違う。国策そのものです。

そうか、エネルギーというのは、もろに権力問題なんだ、ということは、福島の事故の二週間後だったかな、誰もいない二〇キロ圏あたりまで入って、三〇〇だか四〇〇マイクロシーベルトだかの、線量計が鳴りっぱなしの被災地を歩きながら、身に沁みて感じたことですね。そういう指摘をしてきた人たちは少なくなかったわけだから、ほんと、遅ればせながらですけど。

浅田　ただ、そのときは、ペンクラブとかは、まったく関係ない……。

吉岡　福島へは、ペンクラブの面々もずいぶん行きましたよ。そうね、スリーマイルやチェルノブイリのときは、どうだろう、何か声明みたいなものを出しているのかしら。

浅田　ペン小史を読んでいるんですけど、出てこないですね。信じられないな。

吉岡　いずれにしても、よくも悪くも世界が身近になって、北朝鮮のミサイルと核開発や中国の言論状況はもちろん、世界中のテロと戦争と難民問題でも、エネルギーや原発問題でも、何かすべてがつながって、日本の問題、ペンクラブの課題になってくる、そんな時代ですね。

浅田　そうなんでしょうね。だから、ある意味、井上ひさし会長時代から、ちょこちょこそういうことを、ペンクラブでやり始めた。

吉岡　やっぱり9・11があったからですよ。冷戦崩壊後のグローバリズムの……あれは一つの帰結ですね。

浅田　9・11があったから。

地球環境問題

吉岡　さっき言ったように、梅原猛会長の時代にね、地球環境ということを積極的に言い始めたんですよ。むろん戦争は最大の環境破壊である、と言うことも可能なので、それ以前から意識はされていたとも言えるんですが。
でも、例えば、石牟礼《いしむれ》道子さん（一九二七〜）の『苦海浄土《くがいじようど》』（一九六九年。小説家・石牟礼道子が水俣病とその患者を描いた）をどう受け止めたのか。あの作品はチッソの水銀汚染だけじゃなく、人間と自然と歴史の関係、文明のあり方の問題まで、魂に触れるような言葉で描いていますが、それがペンのなかで話題になったという話はあまり聞いてないですね。
浅田　環境問題というのも、僕もずっと覚えているけれども、いろいろな問題が積み上げられてきたよね。
でも、それは、どこかで、原発の肯定にすり変わったんだよ。原発が一番クリーンなエネルギーであるという話に変わったんだよ。
吉岡　ああ、そうだね。使用済み核燃料を一〇万年も保管しつづけなきゃいけない、なんていう問題はなかなか頭に浮かばなかったですもんね。
浅田　何かね、あそこが、やっぱり一つの分岐点だったね。
吉岡　いや、3・11で福島原発事故が起きたあと、ペンの主催で、日比谷の日本プレスセンターで集まりをやりましたよね。会員同士、ペンは原発問題についてどう考えるのかを議論した。
その会場で、会員のなかから、東京電力の原発キャンペーンのＣＭに出ていたような会員を除名すべきだ、という意見が出たでしょう。何人も賛成者がいて、ちょっともめたことがありました。

浅田　あった。

吉岡　どう考えるんだと言われて、壇上に、浅田さんや僕もいて……。

浅田　つるし上げられたな。

吉岡　そうとう批判されましたよ。でも、その場で答えなきゃいけない。
僕が言ったのは、僕自身は原発に反対だ、と。だけど、原発に賛成した人を追い出す、除名する、そういう組織のあり方がいいとも思わない、ということね。僕だって、いまこうやってしゃべっていることが、いつか間違いだったと気づくことがあるかもしれない。誰だって、何かを間違えることがあるんだから。
それはね、言論表現の自由を主題とする団体として、いつも考えておかなくちゃいけないことだと思うんですよ。対話する、議論する、考える、そういうなかで間違いなら間違いを修正していく、やっぱりそれがペンのあり方なんじゃないか。
もちろん会員もそのことは十分理解しているから、その場はそれで収まりましたけど、あのときはペンの存在意義が問われているな、と感じました。逆に言えば、それだけ原発問題を僕らがちゃんと考えてこなかった、ということでもあったんですけどね。
浅田　3・11の前までは、原発論議は、環境問題に押しまくられていたよ。
吉岡　そうでしたね。
浅田　むしろ問題は、火力発電のCO$_2$をいっぱい出す問題とかさ、水力発電の自然破壊だとかさ。
吉岡　温暖化問題ですね。
浅田　そう、そう、そう。そういうふうに言われていたから。
あのね、僕は、もちろん、原発には反対ですけれども、それ以前にあまり言われてないことなんだけれども、あるにしても、数が多過ぎる問題。

動き出すと止まらない

浅田　これは、日本の本質的な、日本社会の体質だと思うんだよ。目的や効果ではなくて、つくること自体に意義があるということ。やがて、それが産業になってしまうというね。

吉岡　赤信号ね、みんなで渡れば怖くないっていう。

浅田　あれは、体質なんだよ。だから、明治時代っていうのが、どうやってできたかというと、鉄道をつくり続けて、明治時代ってできたんだよね。鉄道をつくり続けて、鉄道がだめになってからは、道路をつくり続けた。間違いなく、不要な鉄道とか、不要な道路というのはあったわけで……。

吉岡　いまもそこらじゅうで新幹線誘致をやっている。

浅田　原発の四二基というのは、いや、どういう計算をしても、必要ないんだよ。どんなに原発賛成だと言っている人でも、こんなに多くの数の原発が必要なのか、合理的な説明はできないはずだよ。つくり過ぎ。一基か二基で間に合っている感じすらあるんだから。

吉岡　それだよ。満州は取った、次は北京だ、上海だ、南京だ、武漢だって、ほんとうのところ、自分たちでも日中戦争をどうして起こしちゃったのかわからないうちに、戦線ばかりが広がっていった。

浅田　これは、おかしい。3・11のあとに、中公文庫から出ている『失敗の本質』。サブタイトルが「日本軍の組織論的研究」という書物がロングセラーになっている。どうして、日本はマクロで、必ず方向性を誤るのかと。

吉岡　全体で間違えていく。戦争もだけど、鉄道、道路、原発、どれも身動きできないくらいまで肥大化して、破綻する。みんな、それぞれの部署の職員は真面目で、優秀なんだよ。だから肥大化しちゃうんだけど。よく言われるじゃない、世界でもっとも成功した社会主義は日本だって。優秀な官僚たちが揃っているからね。優秀に、間違うんだ。

浅田　数十年単位で行くと、とんでもないことをする。公共投資に依存し過ぎるんじゃないのかな。公共投資に依存しなければ、経済はないというふうに思い込んでいるんじゃないのかな。

吉岡　帝国陸軍もそうだけど、過去からの延長上でものを考える。満州ができたから、その延長線上で、次はここだ、と。

浅田　そういうところあるね。特に成績の優秀な人は、過去の例題をいかに記憶して、解くかですから。

吉岡　前例主義、先例主義。

浅田　年功序列とか。先人のやることを否定しないっていう。

吉岡　あとはせいぜい弥縫策《びほうさく》、一時的に取り繕うってやつ。表面的にごまかすだけだから、本体は何も変わらず、澱《よど》んでいく。難民は受け入れない、外国人は低賃金労働者だけ裏口から入れて、あとはおもてなし、すぐに帰ってくれる観光客だけきてくれればいいって。これだけ多様性を排除していたら、そりゃ経済も文化も停滞しますよ。

浅田　さっきの公共投資の依存の話なんだけど、カジノ法案って、その代替案の可能性あるんだよ。原発は、もうこれ以上つくれないから、次はカジノっていうね。そこらじゅうにつくって、どうすんのよ。ギャンブル好きな僕ですら、疑問を持つよ。

吉岡　やっぱり。

浅田　やっぱり、だめだよ、原発は。途中で、多過ぎることに、誰も気がつかなかったはずはないんだ。

結局、カジノも増殖していくと思う。しかも、素人が考えるほど簡単な事業ではないから、数が増えれば赤字経営も破綻もありうる。爆発はしないけどね。

吉岡　止められない、止まらない。

浅田　自分の地元への利益導入みたいなことを言うじゃない。それは、明治の人間に申しわけないよ。やっぱり、明治の人間って、自分の地元を放棄して、中央集権をつくろうとしたと思うんだよ。

だから、山口県には、何もないよ。軍人は出たかもしれないけど、利益導入なんかしてないよ。

それは、高知だって鹿児島だってそうだし、幕末四賢侯のひとりの伊達宗城《むねなり》（一八一八～一八九二）が治めた宇和島なんて、明治維新の恩恵にはまったく与《あずか》っていないよ。彼らは中央集権化にこぞって力を合わせたんだと思うんだ。

わかるよ、地方がひどくなっているということはわかるけれども、何でもいいから利益導入をしよう、カジノもこい、原発もこいっていうのは、やっぱりおかしいよ。

吉岡　利益誘導で原発をつくったものの、地域はいつまで経っても振興しない。福島もそうだった、若狭湾周辺もそうだった。振興しないから、三号機、四号機、五号機って、どんどんつくったけど、それでも地域振興にはつながらない。いったいいくつつくったら振興するのか、誰も知らない。

浅田　ちゃんとした産業をつくらなきゃだめだよ。だから、ジャパネットたかたの社長は偉いと思うよ。あれはモデルケースだよ。拍手だよ。

吉岡　そういう意味じゃ、ユニクロもそうかもしれないよ。山口県ね。僕が愛用しているワープロソフトの一太郎も、徳島県です。

浅田　そういうモデル、いっぱいあるんだよね。

吉岡　そう、そう。

浅田　だから、原発に依存することないよ。

戦陣訓「生きて虜囚の辱《はずかしめ》を受けず」

吉岡　すみません。この話とつながると思うんですが、一つ、前にもどって、戦陣訓の話です。

「生きて虜囚の辱を受けず」。これ、陸軍刑法や軍法会議なんかで明文化されていたわけじゃないですけど、捕虜になるくらいなら死んでしまえって、ずいぶんな話ですよね。おかげで、膨大な兵士が玉砕し、沖縄では死ななくてもいい住民まで死んでいった。

いったいどうして、法律でもないものが猛威を振るったのか。いまの、動きだしたら止まらないというのと同じじゃないか、と。

浅田　東条英機（一八八四〜一九四八）が陸軍大臣だったときに発表されたけれども、起草した人間はほかにいるはずだよね。

あれはどこからきたかというと、国家総動員法の究極の形だと思う。国家総動員法を突き詰めていけば、どのくらい戦力を集められるかということで。紙も不足しちゃうんだし、必要物資が何にもなくなるんだし、あとはもう精神性まで動員しようという結論が、戦陣訓だとか神風特攻隊の思想とか、そういうことになるんだと思うんだ。もちろん、完全に行き過ぎ。

国家総動員法そのものというのは、かなり研究し尽くされているものであって、ほとんど陸軍省軍務局長の永田鉄山（一八八四〜一九三五）の起草によるんだけれども、つくった本人が暗殺（一九三五年）されちゃったから、その法令を行使したのは、みんな別人なわけだよ。これは、かなりまずいことだよね。これだけの法律を一番わかっていた人間が、死んじゃったっていうのは。

そういうことを考えると、やっぱり、国家総動員法というのは、小さな国で、最高の戦争をするためには、かなり合理的には書かれている。でも、そこに精神性というのは一行もない。むしろ永田鉄山は、精神主義とは無縁の人です。

その物資動員を全部やり終えちゃったあとというのは、これは、精神性をこれにプラスしていくしかないわけで、そこで、大和魂とか、そういう話が出てきたんだと思うよ。だから日中戦争のころではないと思うよ。そういう精神性ばかり言い始めたのは。

吉岡　さっきの終末思想というのを聞いて、腑《ふ》に落ちたんだけどね、この先に確かなものはもう何もない、あとはただ滅びていくだけだって、本人はそれで完結するだろうけど、敵であれ味方であれ、巻き添えを食う側にとっては、やめてよォ、ですね。

浅田　ちょっと死を賛美するようなところがあるから、神風特攻隊にしても、戦陣訓にしてもね。僕は、あの時代でも、相当アナクロなものだったと思いますよ。

戦陣訓の「生きて虜囚の辱を受けず」って、これは違うだろうと思った人は、当時もいっぱいいたと思う。国際法を知っている人は、それは違うだろうって。結城昌治（一九二七〜一九九六）の『軍旗はためく下に』（一九七〇年）のなかで、処罰されていく人も、当時あった法規範以上に、「生きて虜囚の辱を受けず」のほうが上に位置して、それで、敵に降参した、つまり捕虜になったら犯罪だというふうに考えちゃうんですよね。

吉岡　ひどい話。

浅田　だから、戦陣訓って、日本人独特のリンチの精神みたいなものをね、それとか、全体主義というものを、すごく巧妙に突いた作文だと思うんだよ。だから、あれは、どこの国でも通用しないと思う。日本だからこそ。

吉岡　確かに昔から死を賛美する、あるいはそこまでいかなくても、深い詠嘆のなかに死を解消させてしまうものって、たくさんありますよ。軍記物や能なんかにも、ある。

浅田　美しいものってね。

吉岡　さっきも話題になった小林秀雄の運命論もそこに連なっていくし、日本ペン倶楽部ができたときに比較された文藝懇話会ね、この組織は内務省警保局の松本学局長が差配するんだけど、彼はさかんに「邦人一如」と言っていた。邦《くに》と人は一体のものである、と。これも全部を一括《ひとくく》りにしてしまう運命論の一つでしょう。
始末が悪いことに、そこに美意識なんかが混じり込んでくるから、なかなか抵抗できないですね。

浅田　そういう考え方というのは、それまでの確かに西洋の学問の流れを知っている人は、これはおかしいだろうという人もいたと思う。だけどそれは、土壌としては受け入れる広がりも、あったんじゃないかしら。
だから、そこに対して、違和感を持つ人っていうのは、あんまり大っぴらにね、よっぽど……。ヨーロッパ的な学問素養が多少あった人はね、これはおかしいだろうと思ったかもしれないけど、けっこう、死を賛美する美学として、定着しているんじゃないかな。

吉岡　沖縄の住民が集団自決に追い込まれていったときとか、南の島々の玉砕のとき、女子どもまでがバンザイを叫んで崖から飛び下りていったとか……。

浅田　心から、そう思って、死ぬわけですよね。

吉岡　いまでいえば、洗脳とか、イデオロギー操作だけど、運命や宿命、美意識とか道徳なんかが渾然一体《こんぜんいったい》となっていますね。

日本人の同調性

浅田　やっぱり、もう一つの理由もあると思う。日本人の全体主義っていう。みんながやるから、私もやるっていう。そういう気持ちは、やっぱり集団自決のなかにはあったと思う。一人だけ違う行動をとるということは、日本人の考え方では、美しくないと思われている。

吉岡　同調性というのは、ありますよね。

浅田　それは、会社のなかだってあるでしょう。どこの社会でも、日本人である限り、あるんだよ。

吉岡　沈没していく船のジョークですよ。お客を海に避難させるとき、アメリカ人には「飛び込めばヒーローになれる」と言い、イギリス人には「飛び込むのが紳士です」と言い、ドイツ人には「規則だから飛び込め」と言い、日本人には「みんな飛び込んでいますよ」と言えばいいって（笑）。

浅田　あ、そう。何か突出することがいけないことのような。子どものころから、そういうふうに教わっているような感じはする。

吉岡　学校事件を取材していて、ぞっとすることがありますよ。

いじめ事件があったりして、ぴりぴりしている地域を歩いていると、親が子どもを送り出すところに出くわしたりするでしょ。玄関先で何を言うかと聞いていると、「教室で目立っちゃだめよ」って。目立つと、いじめられちゃうからって。子どもも「うん、おとなしくしてる」だもんな。

言論表現の自由、報道の自由というものを考えるとき、せめてね、テレビや新聞や雑誌くらいはてんでんばらばらであってほしいな。記者や編集者や制作者はまわりを忖度《そんたく》しないで、自分で考え、ひと言でも違うことを言う。そうやって頑張る人こそ称賛されるような産業風土をつくってほしい。

浅田　そうだと思う。

吉岡　まさにペンクラブは、そういう流儀の旗を振らないといけないですね。

坂口安吾という生き方

吉岡　同調圧力に抵抗する、同調圧力をかわす、というときね、いろんなやり方があると思うんです。

それで思い出すのは、戦時中の灯台社（キリスト教系団体。一九三九年、良心的兵役拒否を理由に、治安維持法で摘発）ですね。熱心なキリスト者だった明石順三（一八八九～一九六五）が、唯一の神以外の偶像は信じない、と御真影を礼拝せず、戦争は殺人罪だといって、息子の兵役拒否をした。息子や他の信者が兵役に取られたあとも、銃を返納する。もうこれは不敬罪、治安維持法その他もろもろの罪だ、というので信者らと一緒に検挙された。戦後も彼はアメリカ本部の世俗化を批判し、関係を断ったりした。

ある意味、これはみごとな抵抗だったけれど、よほどの宗教的信念がないとなかなかできるものじゃない。

前に言った詩人の金子光晴、この人も飄々《ひょうひょう》としていながら、かなり意識的に抵抗していました。だって、自分の息子に召集令状がきたとき、生の松葉でいぶしたり、雨の降るなか裸で立たせたりして、わざと病気にさせたっていうんだもの。当局に言わせたら、確信犯でしょ。

もう一つ思い浮かぶのは、坂口安吾（一九〇六〜一九五五）ですね。敗戦直後に彼が書いた『戦争と一人の女』（一九四六年）。戦後になってからだし、小説なので、戦争中の安吾が実際にどうだったかは曖昧なところがあるんですが、たぶん彼はこんな気分で戦争をやり過ごしてきたんだろうな、ということはわかる。

要するに、まわりの戦争熱にそっぽを向き、空襲で町が燃え上がっても、不感症の女と二人、色ごとにふけって、戦争自体が馬鹿ばかしいと思いながらだらだらと生きていく。すべて別に反抗しているわけじゃないけど、戦争の大義なんか端《はな》っから信用していない。すべてにそっぽを向け、ぐずぐず、だらだら、その日だけを生きていく。

こういう生き方っていうのもありますよね。

浅田　大変、文学者的だよね。日本の伝統的な文学者的で、町のなかにいながら、隠遁《いんとん》しちゃうような。

吉岡　そう。僕は、あのあり方ってありじゃないかと。

浅田　僕は、その気持ちがすごくわかる。

吉岡　ですよね。ただ、これは、そのときになってすぐにできるというものじゃない。いまのうちに練習して、こんな身の処し方もあるんだ、ということを体に叩《たた》き込んでおかないと、案外難しいんじゃないかな。

まずは、まわりが浮かれて騒ぎ出しても、ふーん、それが何か、と超然としていなくちゃいけないね。

抗《あらが》う

浅田　要するに、戦時中に、みんなでサボタージュしちゃうという感じだな。

吉岡　そんな感じ。だから、反対もしないけど、賛成もしないよと言って、ずぶずぶ、ずぶずぶ、いつまでも、だらだら、だらだら……。あの方法って、僕はあるような気がするんだよ。

浅田　たぶん、日本で抵抗線をつくるとすれば、そこしか、逆に、ないんじゃないかというふうに思うぐらいなんだよ。僕はね。ある程度、方向がもう決まっちゃったら、しようがないっていう。

吉岡　しようがない。そのかわり、けっして賛成もしないよと。

でも、このペンクラブができた時期というのは、まだぎりぎり何とかなるんじゃないかっていう希望もちょっとあったかもしれない。

浅田　ああ、そうだろうな。

吉岡　少しでしょうけどね。

浅田　こんなことになると思ってなかったはずだよ。

吉岡　昭和一〇年ですからね。一〇年後に、東京が灰燼《かいじん》に帰すなんて、ちょっと想像できなかったと思う。

浅田　少なくとも日中戦争は、みんなが、すぐ終わると思っていたよ。

吉岡　そういう意味で言うとね、日本ペンクラブが世の中のきな臭さにいろいろ対応するように要請されるときって、ほんとうは相当な危機なんだと思っていて。あまり類推はしたくないんだけど、やっぱりいまは一九三〇年代か、と。

かといって、いまから坂口安吾になっちゃうわけにもいかないいな。

浅田　坂口安吾の前じゃないですか。坂口安吾、一歩手前ぐらいだからこそ、いま、ペンの力というか、ペンクラブが、何となく……。

吉岡　世の中の内側をみていても、何となく不穏だな、と感じるけれど、もう一方で、ちゃんと外のこともみておかないといけない。三〇年代もそうですが、危機はいつも外からくる。内側で、外の危機があおられるようにして、内側がどんどん変わっていく、ということね。

実際、黒船来航以来、日本は外からきた危機を乗り越えるんだ、という形で転落していったし、戦後も、ソ連が北海道に攻めてくるとか、中国の台頭に備えるとか、いまだったら北朝鮮が脅威だとか、そのときどきで相手は変わるんですが、必ず政府は外敵の脅威をあおって、やりたいことをやる。

別に、これは日本だけじゃないです。アメリカもそう、ソ連やロシアもそう、中国もそう、いまも世界中が同じことをやっている。

とするとね、あおられる側のわれわれはどうするのか。

その都度、あたふたするのが一番いけない。調子に乗って、お祭り騒ぎをしちゃって、あとでこんなはずじゃなかった、というのが日清・日露戦争以降の歴史が教えていることですね。勝ったところで、その先に一歩踏み出すごとに、実は足の下に隠れていた泥沼にはまり込んでいくことにしかならなかった。

僕は、うまくこなれない言葉ですけど、やっぱり「権力」をどう捉えるのか、そこが最重要の課題だと思う。

つまり、権力って、そうやってわれわれをあおって、やりたいことをやる存在なんですよ。日本だけじゃないですよ、これ。

権力の捉え方

吉岡　僕は、権力は必要なものだ、と思っている。

これだけ膨大な、それこそ互いに見ず知らず、「量としての人間」があふれ返っている社会に、一定の強制力を持った権力がなかったら、とんでもないことになる。早い話、車は右左、両方を走り出すだろうし、口に入れる食べ物の安全性だって、いま以上に怪しくなる。ここはやはり、調整役としての権力が必要です。

そういう意味で、僕はユートピア主義者ではないですね。

しかし、じゃ、その権力の正体をどう捉えるのか。その捉え方に、日本の、いや、これは世界の、と言ってもいいけど、歴史学も政治学も社会学も、ずーっと失敗してきたんじゃないか、と疑っているんですよ、僕。

権力もわれわれも全部ひっくるめて、運命と言ってみたり、邦人一如と言ってみたり、そういう言説を崩せなかったでしょう。いつも飲み込まれ、ずるずる引きずられてきた。

でもね、政治家や官僚をみればわかるじゃないですか。僕らと変わらない俗物ですよ。子どものころははなたれ小僧や小娘で、数学だか国語だか、ときどき赤点取って、勉強するつもりもないのに大学へ行って、何かの拍子に政治家や官僚になっちゃった、という手合いでしょ。

日本でも、アメリカやヨーロッパでも、ロシアや中国や北朝鮮でも、みんなそう。そういう連中が権力を持つと、そりゃ拉致だってやる、原発だってやる、テロや戦争だってやりますよ。そういうことをやってみせるのが権力なんだから。

そうやって突き放して権力をみるとき、初めてその正体がわかるんじゃないですか。

そう考えると、世界情勢もすっきりわかってくる。何だ、ガキ大将どもが、ここはオレのもの、この利権はワタシのもの、と喧嘩《けんか》しているだけなんだって。

ただ、気をつけなくてはいけないのは、彼らはいつも現状打開、改革者の顔をして成り上がってくる、ということですね。ヒトラーですら、第一次世界大戦で打ちのめされたドイツ人の前に、「貧困を救え」「若者よ、社会に参加しろ」「自然を守れ」と叫び、熱狂をあおって出てきたんですからね。

それにあおられちゃいけない。熱狂に巻き込まれない。そういうことを考えなくちゃいけないんじゃないか、と僕は思っているんです。

浅田　正気を喚起させるというか。

吉岡　正気でなければいけないですね。処世の術としては、カッカしているところに出くわしたら、まずはそっぽを向く、とかね。それからもう一つ大事なのは、楽観だと思う。この権力は危ない、と思ったら、取り替えられる、取り替えてもいいんだ、という楽観ね。選挙によって権力を取り替えられるというのが、民主主義の原則でしょう。さすがに国家・権力と個人が運命共同体だなんて深刻に思い込んでいる人は少なくなったでしょうが、このごろの若い世代には、この権力がなくなったら日本はめちゃくちゃになるんじゃないか、なんて不安を感じている人がいる。そんなこと、ないって（笑）。トランプ大統領になったってアメリカはあるじゃないかって、冗談に言うんだけどね。権力を替えること、われわれが変わることを怖れないという楽観をまず広めることが大事かな、と思うんだけど。

礼を重んじる

浅田　僕は、中国の文学とか中国の歴史から、自分の人生という、小説家人生がスタートしているので、まだ、そういうすごく古いものにたたられているところがあるんですけどね。

自分のなかで、自分の世界観として、すごくあるのは、法律は何かというものなんだよ。実は、孔子の時代には、法の概念ってないんですよね。法にかわるものは何かといったら、礼というもので、その五〇〇年後に、法律が登場する以前の社会規範なんですよ。

例えば、そこで、唾を吐いたやつがいるとするよ。そうすると、それに注意したとするよね。そうすると、そいつはきっと言い返すでしょう。法を犯しているわけじゃないんだよ。何だよ、おっさんって言うかもしれないでしょう。でも、それは、礼を失しているわけだよ。

だから、言ってみれば、世の中に礼が廃れたから法で補完しなければならなくなったわけで、ほんとうの人間のユートピアというのは、法律が生まれる前の世界であると思う。だから、それぞれが自覚して、礼節を重んじるということだと思うんだよ。

そうすると、やっぱり、世の中の真実というのは、法律だとか、利益だとか、経済だとか、そういうこと以前に、礼というものがなくてはならず、やっぱり、礼にかなわぬことだから、これはだめっていう考え方が、人類にはすごく必要だと思う。

これは、もう紀元前に確定していた人類の規範というものを、やっぱり、いま、僕らは回復すべきだと思うんだよね。

吉岡 おもしろいですね。

浅田 普通に考えればどうだ、ということを。

吉岡 人を殺すのは、礼に合わない、と。

浅田　そうなんだよ。
吉岡　傷つけるのも、もちろん礼に合わない。
浅田　法律って、いくらつくっても、法の抜け穴はあるんだよ。下手すれば、法の抜け穴をつくるための法律っていうのもあるわけだよ。

だから、法に頼る限りユートピアは訪れない。もちろん、法治国家として、法の整備は必要だけれども、やっぱり、私たちは、一人ひとりの心のなかに、礼とは何かということを、常に考える必要があるのではないでしょうか。それが、真のリベラリズムというものだと思いますよ。

吉岡　法律は僕らを守りもするけど、権力もまた法律をつくり、行使して、僕らを動員していくわけですからね。そうやって権力も成り立っている。

特定秘密保護法も、共謀罪も、集団的自衛権行使の憲法解釈変更や憲法九条問題も、こういうものすべて、最終的には法律の問題ですからね。権力と僕らの法律の奪い合い、というか。

だけど、それだけやっていても、なかなか理想には近づかないですね。理想や理念を遠くに眺めながら、でも、目をそらさないで、礼に合うことを積み重ねていく、そういう途中経過が僕らの人生なのかもしれない。

日本国憲法九条のこと

浅田　ま、ともかく、憲法の九条の精神というのは、別に九条に置かなくていいんだけど、「戦争放棄」と「交戦権の否認」というのは、やっぱり、譲っちゃだめだと思うよ。これは。

日本国憲法ね、それはもらったものだとか、誰が書いたかというのは、それはまた別問題として、内容はとてもよくできているんだよ。

吉岡　よくできていると思います。

浅田　よくできているんだよ。あの戦争放棄と交戦権の否認はね、あれは、ほんとうに世界遺産だよ。

だから、僕は第一章の第一条に据えるべきだと思っているんだけどね。

天皇条項を第二章にすることは、いまの天皇ご自身が、それでよしとしてくれるはずだよ。

吉岡　ああ、それはいいですね。

浅田　な。そうだよ。

吉岡　戦争放棄がなければ、天皇制だってなくなっちゃうんだから。

浅田　だって、憲法の第一条って、国体をあらわすものじゃない？

吉岡　そう、国柄です。

浅田　日本の国体をあらわすものは、やっぱり、戦争放棄だよ。

（文中敬称略）

あとがき

浅田さんと私の共通点は、ほとんどない。

彼は手書きでフィクションを書き、私はパソコンでノンフィクションを書いてきた。あちらはきちっとしたスーツ姿や着物姿が似合うけれど、こっちはよれっとしたジーンズしかはかない。さっそうとジャガーを乗りまわす浅田さんに対し、そもそも私は数年前まで運転免許も持っていなかった。向こうは無類の競馬好き、こちらは馬といえば、馬刺ししか思い浮かばない。一滴も酒を飲まないあっちと、数千滴くらいは平気なこっち。かろうじて喫煙者であることが共通していたが、それも近ごろ、浅田さんは卒業してしまった。

似ているところをいろいろ探してみて、やっと思い当たるのは、二人とも鶏肉《とり》が苦手ということくらいである。冗談でなく、手羽先などを見ると鳥肌が立つほどだが、しかし、これだって、嫌いになった理由は全然違うに決まっている。

それくらい相違ばかりの浅田さんと私が、日本ペンクラブの周辺という限られた入口からであれ、日本近現代の戦争と文学の話をしたところで、きっと嚙み合わないだろう、と私は思っていた。だいたい何から話せばよいのか……。たぶん浅田さんも、困ったなあ、と思われたのではないだろうか。

というわけで、テーブルを挟んで向かい合ったとき、私たちの前には話の道筋を想定した紙一枚なかった。私はといえば、若いころに読んだ小説と作家についてのメモの拡大コピーを持っていっただけであり、浅田さんの手もとにも、おそらくは執筆中にときどき眺めるらしい小さな備忘録があっただけだった。

しかし、結果は……いや、こればかりは読者諸賢に判断していただくほかないが、少なくとも私は身を乗りだして浅田さんの話に聞き入ったし、私自身も時間が経つのも忘れてしゃべった。お互いに知らなかったが、何しろ若いころの私たちは同じ町内の二〇〇メートルしか離れていないところに暮らしていて、同じ出来事に驚き、それをバネにするようにして、それぞれの道を歩き始めたのである。

もう一つ、挙げておかなければならない。

時代といっても、世情といってもよいのだが、近年、にわかに顕著になってきた危なっかしい政治情勢のことである。特定秘密保護法、集団的自衛権と安保法制、共謀罪、さらには憲法改正への動き。これらが絡み合って狙っていることは、主権在民・平和主義・基本的人権をベースにしてきた戦後日本に強権的な軍事機構をじわじわ呼び込んで、社会構造それ自体を変えてしまおうということだろう。わかりやすく言えば、政府が重大情報を独り占めし、官僚や軍需企業幹部がそっくり返り、制服の軍人や町場の顔役がやたら怒鳴り散らす殺伐たる世の中になって、そのうち米軍にくっついてあちこちで戦争をやり、やった分だけ憎まれる国になるということである。

私たちはそれぞれの仕事のなかで、戦争はむろんのこと、軍事や軍隊を前面に押し立てた社会がいかにすさみ、人間を歪め、破壊するかを見、考え、描いてきた。もっとリアルに知るために、浅田さんは中国や南洋の戦跡を訪ね歩き、私は私で、戦争と紛争とテロの現場をうろうろしてきた。日本ペンクラブの初期の歴史にもその痕跡は深く刻まれているのだが、しかし、いまやそれは過去や他国のことではなく、日々、目の前で生起する現実としてひしひしと迫ってくる。二人ともが感じているその胸騒ぎが、私たちを饒舌《じょうぜつ》にさせたのに違いない。

作家は、よくも悪くも時代の気分を映す鏡である。彼や彼女が書いた作品以上に、その生き方が時代の衣裳《いしょう》をまとってしまうこともある。二一世紀のいま、明治、大正、昭和の先人たちが歩いた跡をたどってみて、あらためてそう感じる。手書きであれ、キーボードを叩くのであれ、結局、作家の拠《よ》って立つところはこの身一つ、薄い皮膚一枚で外気にさらされているからであろう。

願わくは、鶏肉は見るのも怖いというくらい、見た目と違って繊細なこの二人の胸騒ぎが杞憂《きゆう》に終わらんことを。いまはその手前でこの世の平和を願い、手を変え品を変え、言論・表現の自由のかけがえのなさを説くばかりである。

二〇一七年一一月二六日　日本ペンクラブ創立八二年の日に

吉岡　忍

年表

西暦	元号	文学・文化の動き	日本・世界の動き
1842	天保13年		アヘン戦争、清が香港割譲
1853	嘉永6年		米ペリー艦隊が江戸湾来航
1868	慶応4年／明治元年		明治に改元
1869	明治2年		開拓使を設置
1894	明治27年		日清戦争
1905	明治38年	夏目漱石「吾輩は猫である」	日露戦争終結、日比谷焼打事件
1906	明治39年	島崎藤村「破戒」	
1910	明治43年		韓国併合、大逆事件摘発
1911	明治44年		大逆事件12人死刑執行
1914	大正3年		第一次世界大戦勃発
1917	大正6年		ロシア革命
1923	大正12年		関東大震災

1925	大正14年	ラジオ放送開始	治安維持法・普通選挙法
1931	昭和6年		柳条湖事件（満州事変）
1932	昭和7年		満州国建国宣言
1935	昭和10年		日本ペン倶楽部発足
1937	昭和12年		日中戦争勃発、南京陥落
1938	昭和13年	石川達三「生きてゐる兵隊」	国家総動員法公布
		火野葦平「麦と兵隊」	ペン部隊結成
1941	昭和16年		帝国陸軍が戦陣訓制定
1942	昭和17年		横浜事件
1944	昭和19年	谷崎潤一郎「細雪」私家版	
1945	昭和20年		敗戦、女性参政権
1946	昭和21年	坂口安吾「堕落論」	
1948	昭和23年	金子光晴「落下傘」	
1953	昭和28年	テレビ放送開始	
1956	昭和31年	三島由紀夫「金閣寺」	
1967	昭和42年	野坂昭如「アメリカひじき」	
1970	昭和45年	三島由紀夫、市ヶ谷自衛隊駐屯地で自死	

1972	昭和47年	『四畳半襖の下張』事件	
1979	昭和54年		米スリーマイル島原発事故
1985	昭和60年		日航機が御巣鷹山に墜落
1986	昭和61年		ソ連チェルノブイリ原発事故
1989	昭和64年／平成元年		平成に改元
1991	平成3年		ソ連邦崩壊
2001	平成13年		米9・11同時多発テロ
2011	平成23年		東日本大震災
2015	平成27年		平和安全法制（戦争法）制定

参考文献

日本ペンクラブ編『日本ペンクラブ五十年史』日本ペンクラブ、一九八七年
岩波書店編集部編『近代日本総合年表　第四版』岩波書店、二〇〇一年
『コレクション　戦争×文学』全二一巻、集英社、二〇一一〜二〇一三年

浅田次郎（あさだ じろう）

一九五一年生まれ。作家。著書に『鉄道員《ぽっぽや》』（直木賞）、『壬生義士伝』（柴田錬三郎賞）、『お腹召しませ』（中央公論文芸賞／司馬遼太郎賞）、『帰郷』（大佛次郎賞）など。日本ペンクラブ第一六代会長（二〇一一年～一七年）。

吉岡 忍（よしおか しのぶ）

一九四八年生まれ。ノンフィクション作家。「ベ平連ニュース」の編集長も務めた。八七年『墜落の夏 日航123便事故全記録』で講談社ノンフィクション賞を受賞。日本ペンクラブ第一七代会長（二〇一七年六月～）。

ペンの力《ちから》

二〇一八年一月二二日 第一刷発行　　集英社新書〇九一五B

著者……浅田次郎《あさだじろう》／吉岡《よしおか》 忍《しのぶ》

発行者……茨木政彦

発行所……株式会社集英社

東京都千代田区一ツ橋二-五-一〇 郵便番号一〇一-八〇五〇

電話 〇三-三二三〇-六三九一（編集部）

〇三-三二三〇-六〇八〇（読者係）

〇三-三二三〇-六三九三（販売部）書店専用

装幀……原 研哉

印刷所……大日本印刷株式会社 凸版印刷株式会社

製本所……加藤製本株式会社

定価はカバーに表示してあります。

 ISBN 978-4-08-721015-6 C0236 Printed in Japan

a pilot of wisdom

a pilot of wisdom

人間って何ですか？　夢枕 獏 ほか
東アジアの危機「本と新聞の大学」講義録　一色 清／姜尚中 ほか
不敵のジャーナリスト 筑紫哲也の流儀と思想　佐高 信
騒乱、混乱、波乱！ ありえない中国　小林史憲
なぜか結果を出す人の理由　野村克也
イスラム戦争 中東崩壊と欧米の敗北　内藤正典
刑務所改革 社会的コストの視点から　沢登文治
沖縄の米軍基地「県外移設」を考える　高橋哲哉
日本の大問題「10年後を考える」――「本と新聞の大学」講義録　一色 清／姜尚中 ほか
原発訴訟が社会を変える　河合弘之
奇跡の村 地方は「人」で再生する　相川俊英
日本の犬猫は幸せか 動物保護施設アークの25年　エリザベス・オリバー
おとなの始末　落合恵子
性のタブーのない日本　橋本 治
ジャーナリストはなぜ「戦場」へ行くのか――取材現場からの自己検証　危険地報道を考えるジャーナリストの会・編
医療再生 日本とアメリカの現場から　大木隆生
ブームをつくる 人がみずから動く仕組み　殿村美樹

「18歳選挙権」で社会はどう変わるか　林 大介
3・11後の叛乱 反原連・しばき隊・SEALDs　笠井 潔／野間易通
「戦後80年」はあるのか――「本と新聞の大学」講義録　一色 清／姜尚中 ほか
非モテの品格 男にとって「弱さ」とは何か　杉田俊介
「イスラム国」はテロの元凶ではない グローバル・ジハードという幻想　川上泰徳
日本人 失格　田村 淳
たとえ世界が終わっても その先の日本を生きる君たちへ　橋本 治
あなたの隣の放射能汚染ゴミ　まさのあつこ
マンションは日本人を幸せにするか　榊 淳司
人間の居場所　田原 牧
いとも優雅な意地悪の教本　橋本 治
世界のタブー　阿門 禮
明治維新150年を考える――「本と新聞の大学」講義録　一色 清／姜尚中 ほか
「富士そば」は、なぜアルバイトにボーナスを出すのか　丹 道夫
男と女の理不尽な愉しみ　林 真理子／壇 蜜
欲望する「ことば」「社会記号」とマーケティング　嶋 浩一郎／松井 剛
ぼくたちはこの国をこんなふうに愛することに決めた　高橋源一郎

集英社新書　好評既刊

政治・経済――A

- 邱永漢の「予見力」　玉村豊男
- 「独裁者」との交渉術　明石康
- 著作権の世紀　福井健策
- メジャーリーグ なぜ「儲かる」　岡田功
- 「10年不況」脱却のシナリオ　斎藤精一郎
- ルポ 戦場出稼ぎ労働者　安田純平
- 二酸化炭素温暖化説の崩壊　広瀬隆
- 「戦地」に生きる人々　日本ビジュアル・ジャーナリスト協会編
- 超マクロ展望 世界経済の真実　水野和夫　萱野稔人
- TPP亡国論　中野剛志
- 日本の1/2革命　池上彰　佐藤賢一
- 中東民衆革命の真実　田原牧
- 「原発」国民投票　今井一
- 文化のための追及権　小川明子
- グローバル恐慌の真相　中野剛志　柴山桂太
- 帝国ホテルの流儀　犬丸一郎
- 中国経済 あやうい本質　浜矩子
- 静かなる大恐慌　柴山桂太
- 闘う区長　保坂展人
- 対論！ 日本と中国の領土問題　横山宏章　王雲海
- 戦争の条件　藤原帰一
- 金融緩和の罠　藻谷浩介　河野龍太郎　小野善康　萱野稔人
- バブルの死角 日本人が損するカラクリ　岩本沙弓
- TPP黒い条約　中野剛志・編
- はじめての憲法教室　水島朝穂
- 成長から成熟へ　天野祐吉
- 資本主義の終焉と歴史の危機　水野和夫
- 上野千鶴子の選憲論　上野千鶴子
- 安倍官邸と新聞「二極化する報道」の危機　徳山喜雄
- 世界を戦争に導くグローバリズム　中野剛志
- 誰が「知」を独占するのか　福井健策
- 儲かる農業論 エネルギー兼業農家のすすめ　金子勝　武本俊彦
- 国家と秘密 隠される公文書　久保亨　瀬畑源

a pilot of wisdom

秘密保護法―社会はどう変わるのか　宇都宮健児／堀 敏明／足立昌勝／林 克明
沈みゆく大国 アメリカ　堤 未果
亡国の集団的自衛権　柳澤協二
資本主義の克服「共有論」で社会を変える　金子 勝
沈みゆく大国アメリカ〈逃げ切れ! 日本の医療〉　堤 未果
「朝日新聞」問題　徳山喜雄
丸山眞男と田中角栄「戦後民主主義」の逆襲　佐高 信／早野 透
英語化は愚民化 日本の国力が地に落ちる　施 光恒
宇沢弘文のメッセージ　大塚信一
経済的徴兵制　布施祐仁
国家戦略特区の正体 外資に売られる日本　郭 洋春
愛国と信仰の構造 全体主義はよみがえるのか　中島岳志／島薗 進
イスラームとの講和 文明の共存をめざして　内藤正典／中田 考
「憲法改正」の真実　樋口陽一／小林 節
世界を動かす巨人たち〈政治家編〉　池上 彰
安倍官邸とテレビ　砂川浩慶
普天間・辺野古 歪められた二〇年　宮城大蔵／渡辺 豪

イランの野望 浮上する「シーア派大国」　鵜塚 健
自民党と創価学会　佐高 信
世界「最終」戦争論 近代の終焉を超えて　内田 樹／姜 尚中
日本会議 戦前回帰への情念　山崎雅弘
不平等をめぐる戦争 グローバル税制は可能か?　上村雄彦
中央銀行は持ちこたえられるか　河村小百合
近代天皇論 ――「神聖」か、「象徴」か　片山杜秀／島薗 進
地方議会を再生する　相川俊英
ビッグデータの支配とプライバシー危機　宮下 紘
スノーデン 日本への警告　エドワード・スノーデン／青木 理 ほか
閉じてゆく帝国と逆説の21世紀経済　水野和夫
新・日米安保論　柳澤協二／伊勢﨑賢治／加藤 朗
グローバリズム その先の悲劇に備えよ　中野剛志／柴山桂太
世界を動かす巨人たち〈経済人編〉　池上 彰
アジア辺境論 これが日本の生きる道　内田 樹／姜 尚中
ナチスの「手口」と緊急事態条項　長谷部恭男／石田勇治
改憲的護憲論　松竹伸幸